Korean Pronunciation

標準 **韓國語發音**

基本發音、變音、連音、語調、語速一本搞定
讓你練就一口道地的首爾腔!

全書音檔下載

iOS系統請升級至iOS 13後再行下載
此為大型檔案,建議使用WIFI連線下載,以免占用流量,
並確認連線狀況,以利下載順暢。

前　言

　　使用外語溝通時，發音對語意表達會造成很大的影響。學習者在日常生活中說話時，好的發音會培養自信心，這對提升準備各種考試必備的聽力能力而言，也是給予幫助的一項領域。近來，透過書籍與媒體自學韓語的學生人數逐漸增加。此外，在韓國以外的地區初學韓語，向外籍教師而非韓國籍教師學習韓語的人也日益增多。此時想了解如何正確唸出韓語發音、需要注意哪些語調與發音、實際發音與文字不同的道理，可有立即查找答案的書籍。我們為了有此需求的外國學習者而感覺有製作指引的必要性。但是，與市面上眾多文法、語彙或考試用書相比，除了理論類書籍外，能讓學習者熟悉發音規則並朗讀練習的發音教材，卻是難以取得。

　　《全新開始學韓語發音》是讓韓語學習者能自行學習發音規則而編寫的。並且也是讓體認到發音的重要性，卻因主教材相關內容不足而感到教學困難的教師們可以在實際教學現場活用而編製的。

　　本書分為基本篇「基本韓語發音」、規則篇「發音規則」以及朗讀篇「朗讀練習」。基本篇裡介紹韓語的母音、子音、複終聲、連音，使學習者能熟悉基本韓語字母發音時的特徵；規則篇裡簡單介紹韓語中不依照文字發音時的發音規則，並透過例句與對話盡可能練習正確的發音。進入朗讀篇前，準備朗讀篇將介紹朗讀韓語語句時須注意的語調。朗讀篇準備了能讓學習者對韓國文化產生興趣，主題豐富且實用的口語和書面朗讀文章各 10 篇，運用前面所學的發音規則，練習朗讀，藉此增進韓語的流暢度。

　　希望本書能擔任嚮導的角色，帶領那些想理解並充分練習熟悉韓語不可或缺之發音規則的學習者們，讓他們用自然且正確的發音和語調，開口說韓語。最後，向辛苦促成本書出版的所有人致上誠摯的謝意。

金志珉、尹信愛、李殷珠

本書結構與使用方法

Part I 基本韓語發音

針對韓語的母音、子音、終聲的發音方法以及連音做說明,藉此理解韓語的發音。此外,跟著閱讀熟悉正確發音,透過練習問題確認發音。

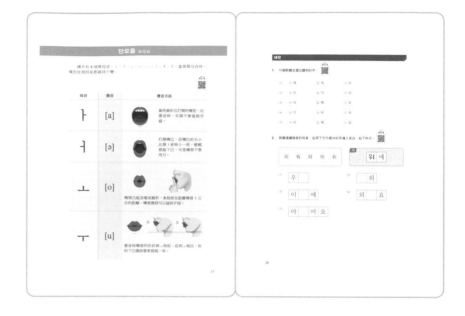

Part II 發音規則

標題

以每課與發音規則相關的單字作為標題,俾記住發音規則。

對話

透過對話文章,聆聽屬於該發音規則的單字。此外,下方標示出單字的正確發音,學習者可以在聽對話內容的同時確認發音。

發音規則

- 簡單說明標題單字的發音道理。
- 發音規則分類並說明、舉例。

跟著念

聆聽並跟著唸前面曾說明之發音規則的單字後，由單字擴及為句子練習。

練習

提供豐富的練習題，學習者可以確認是否確實理解發音規則，並正確分辨發音。便於運用發音規則談話。

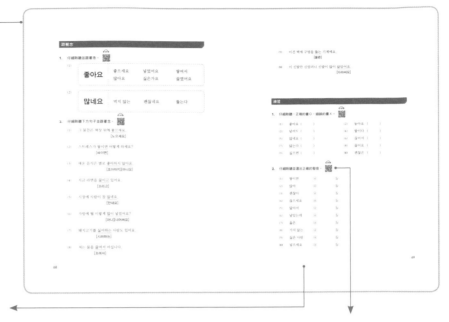

音檔 隨掃隨聽 QR 碼

Part III 朗讀練習

　　透過豐富的主題文章與對話內容，便於確認單字如何發音、跟著念以及練習相關發音規則的單字。此外，為了流暢地閱讀文章，標記了需停留的停頓點，並說明語調與須注意事項，以便正確又自然地朗讀。最後，標記朗讀的速度，希望有助學習者以適當的速度朗讀。

全書音檔下載：

目　錄

Part I. 基本韓語發音

Part II. 發音規則

Part III. 朗讀練習

附錄

韓語發音概論

韓語的母音和子音

　　當我們出聲說話時，空氣從肺部往外送，並通過發音器官，從鼻子和嘴巴流出。根據發音器官是否阻擋氣流通道，將發音分為母音和子音。

發音器官

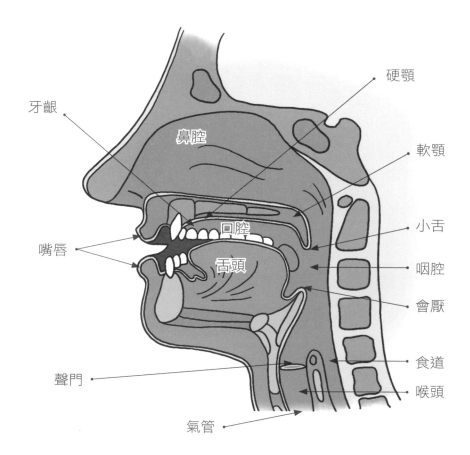

母音

發母音時，氣流不會在過程中被阻擋。韓語有 10 個單母音和 11 個雙母音，羅列如下。 請參考第 16 頁「母音」

單母音	ㅏ, ㅓ, ㅗ, ㅜ, ㅡ, ㅣ, ㅔ, ㅐ, ㅚ*, ㅟ*

雙母音	ㅑ, ㅕ, ㅛ, ㅠ, ㅖ, ㅒ, ㅘ, ㅝ, ㅙ, ㅞ, ㅢ

等一下！

* 「標準發音規則」第四節認為ㅚ和ㅟ可被視為雙母音。在這本書的「基本母音」中，我們將ㅚ和ㅟ視為雙母音，並且基於「標準發音規則」介紹 8 個單母音及 13 個雙母音。

母音的發音根據舌頭的高度、前後位置和唇型而有所不同。

舌位	前母音	後母音	
	平唇母音	平唇母音	圓唇母音
高母音	ㅣ	ㅡ	ㅜ
中母音	ㅔ	ㅓ	ㅗ
低母音	ㅐ	ㅏ	

舌位高低

唇型

子音

發子音時，氣流在過程中被發音器官阻擋。韓語字母中有 19 個子音，羅列如下。

ㄱ, ㄲ, ㄴ, ㄷ, ㄸ, ㄹ, ㅁ, ㅂ, ㅃ, ㅅ, ㅆ, ㅇ, ㅈ, ㅉ, ㅊ, ㅋ, ㅌ, ㅍ, ㅎ

子音的發音根據發音方式、位置以及收縮的程度而有所不同。

請參考第 29 頁「子音」

		發音位置				
發音方式		雙唇音	齒齦音	硬顎音	軟顎音	喉音
塞音 (=爆發音)	平音	ㅂ	ㄷ		ㄱ	
	硬音	ㅃ	ㄸ		ㄲ	
	激音	ㅍ	ㅌ		ㅋ	
塞擦音	平音			ㅈ		
	硬音			ㅉ		
	激音			ㅊ		
擦音	平音		ㅅ			ㅎ
	硬音		ㅆ			
鼻音		ㅁ	ㄴ		ㅇ	
流音			ㄹ			

一個音節是指說出一個字時同時發出的一組聲音。韓語的音節組合如下：

音節組合	例
母音（V）	아
子音＋母音（C+V）	가
母音＋子音（V+C）	악
子音＋母音＋子音（C+V+C）	각

每個韓語音節一定有一個母音，不可能有子音＋子音＋子音的組合。

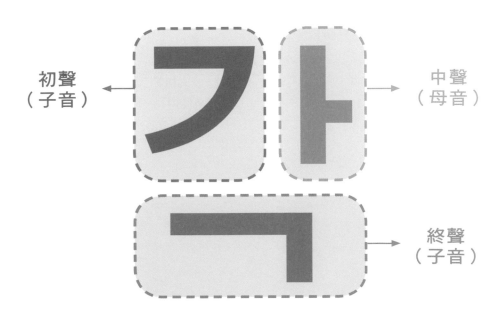

初聲（子音）

中聲（母音）

終聲（子音）

13

韓語的音韻轉變

當兩個聲音組合在一起，有時候會互相影響、全然改變整體發音。為了讓韓語發音規則更簡單清楚，下方列出會發生音韻轉變的狀況。

類別	定義	改變方式
替換	一個音發出類似於另一個音的聲音。	鼻音化①：**박물관** [방물관] p.88
		鼻音化②：**정류장** [정뉴장] p.96
		鼻音化③：**대학로** [대항노] p.102
		流音化：**설날** [설랄] p.108
		硬音化：**식당** [식땅] p.72
		口蓋音化：**같이** [가치] p.82
脫落	當兩個音放在一起時，其中一個音被省略。	ㅎ音脫落： **괜찮아요** [괜차나요] p.66
合音	兩個音合併成一個音位。	激音化： **축하** [추카] p.58
添音	額外出現一個全新的音。	ㄴ添加： **시청역** [시청녁] p.116

Part I

基本韓語發音

母音
子音
終聲
連音

① 모음 母音

　　韓語字母中有 21 個母音，分為單母音及雙母音，而雙母音是兩個單母音組合而成。藉由象徵天空的ㅇ、象徵土地的＿和象徵人的ㅣ，母音的字型就有各種不同的組合變化。

　　母音可以單獨發音，或自行組合成一個音節。然而，在單獨寫母音時，必須在母音前寫ㅇ，此時ㅇ不發音。

總共有 8 個單母音：ㅏ、ㅓ、ㅗ、ㅜ、ㅡ、ㅣ、ㅔ、ㅐ。當發單母音時，嘴型從頭到尾都維持不變。

母音	發音	發音方法
ㅏ	[a]	維持圓形且打開的嘴型，在發音時，舌頭不會碰到牙齒。
ㅓ	[ə]	打開嘴巴，但嘴巴的大小比發ㅏ音時小一些，輕輕提起下巴，可是嘴唇不要用力。
ㅗ	[o]	嘴唇凸起並嘟成圓形，食指放在距離嘴唇 1 公分的距離，嘴唇應該可以碰到手指。
ㅜ	[u]	發音時嘴唇的形狀與ㅗ相似，但和ㅗ相比，你的下巴應該要更提起一些。

母音	發音	發音方法
ー	[ɨ]	 으 嘴角延伸到兩側，程度要超過發ㅜ音時的狀態。不要嘟嘴。發音時嘴角向兩側延伸，舌頭不應該碰到牙齒。
ㅣ	[i]	 이　　　　　　　　　　으 嘴型與ㅡ相似，但下巴往下放一些，在發出聲音時讓舌頭輕輕觸碰下排牙齒。
ㅔ	[e]	 에　　　　　　　　　　이 嘴巴打開的程度比ㅣ更大，讓下巴更往下。
ㅐ	[æ]	 애　　　　　　　　　　에 發音與ㅔ相似，但嘴巴應該要更開。讓下巴更往下，發出的聲音應該比ㅔ更短。

等一下！

雖然很難分辨母音ㅐ和ㅔ的發音，但在書面使用時必須清楚區分。

單母音的發音比較

可以從唇型、舌頭位置和嘴巴延展程度的不同區分單母音。

● **以唇型區分**

發ㅡ音時，將嘴角向兩側延伸；發ㅜ音時，要將嘴巴嘟起來。發ㅜ音時，嘴唇會比發ㅡ音時更突起。聆聽 CD 並比較這些發音。

在發ㅓ音時，嘴巴必須比發ㅗ音時更伸展。與ㅓ相比，在發ㅗ音時，嘴唇必須更圓並更突起。在發ㅗ音時，嘴唇突起的程度應該大於發ㅓ音時的嘴型。聆聽 CD 比較這些發音。

● **以嘴巴延展程度區分**

如果依序發出ㅣ、ㅔ和ㅐ的音，會發現你的下巴會愈來愈往下、嘴巴愈來愈張開。一樣的狀況也會出現在當你依序發出ㅡ、ㅓ和ㅏ以及ㅜ和ㅗ的時候。聆聽 CD 並比較這些發音。

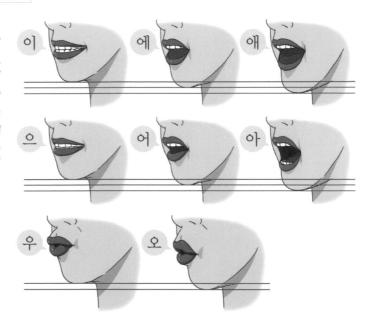

19

● **以舌頭的位置區分**

　　當依序發出 ㅣ、ㅡ 和 ㅜ 的音時，舌頭會愈來愈往後移。一樣的狀況也會出現在當依序發出 ㅖ、ㅓ 和 ㅗ 以及 ㅒ、ㅏ 的時候。聆聽 CD 並比較這些發音。

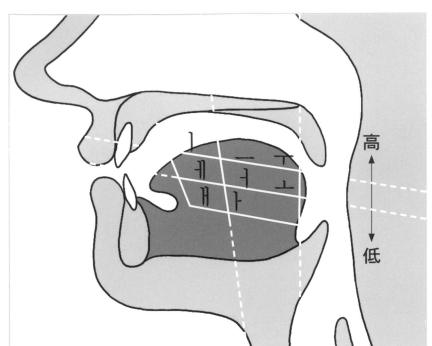

舌頭的位置

高

低

發音小技巧！

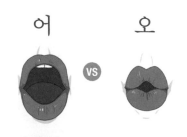

어 vs 오

　　當發出 ㅓ 和 ㅗ 的時候，舌頭的位置和高度是一樣的，但嘴型不同。發 ㅗ 音時，要將嘴唇往外突，讓它變成圓形；但是發 ㅓ 音時，下巴會更往下，所以嘴唇不會是圓形。如果你在發 ㅗ 音時把手指放在嘴唇上，然後在手指維持不動的狀態下發 ㅓ 音，會發現嘴唇輕輕離開手指，原因是在發 ㅓ 音時，下巴位置會比發 ㅗ 音時更往下。

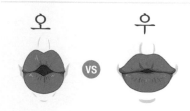

오 vs 우

　　當發出 ㅗ 和 ㅜ 的時候，唇型都會是圓的，但下巴的位置不同。試著在發 ㅜ 時將手背放在臉頰下，並在維持這個姿勢的狀態下發出 ㅗ，你會發現你的下巴更往下一些。

跟著念

1. 仔細聆聽並跟著念。

(1)	아	어	오	우	으	이	에	애
(2)	아어	어오	오우	우으	으이	이에	에애	애아
(3)	아이	오이	우애	아우	우아	우이		
(4)	아어오	오우으		으이에	에애아			
(5)	이에애	으어아		우오				
(6)	이으우	에어오		애아				

練習

1. 仔細聆聽並選出聽到的字。

(1)	ⓐ 어	ⓑ 으	ⓒ 아
(2)	ⓐ 으	ⓑ 우	ⓒ 오
(3)	ⓐ 어	ⓑ 오	ⓒ 으
(4)	ⓐ 이	ⓑ 어	ⓒ 으
(5)	ⓐ 이	ⓑ 오	ⓒ 으
(6)	ⓐ 오이	ⓑ 우이	ⓒ 으이
(7)	ⓐ 어애	ⓑ 오애	ⓒ 우애
(8)	ⓐ 어이	ⓑ 아이	ⓒ 으이
(9)	ⓐ 아우	ⓑ 이우	ⓒ 어우
(10)	ⓐ 오이	ⓑ 어이	ⓒ 으이

2. 仔細聆聽三個母音的發音，選出聽起來不一樣的那個母音，如範例所示。

(1) 　　　 | 　　　 | 　　　

(2) 　　　 | 　　　 | 　　　

(3) 　　　 | 　　　 | 　　　

(4) 　　　 | 　　　 | 　　　

(5) 　　　 | 　　　 | 　　　

이중 모음 1 雙母音 1

一個雙母音是由兩個單母音組合而成，嘴型從開始發音到結束發音時會不一樣。

雙母音 ㅑ、ㅕ、ㅛ、ㅠ、ㅒ 和 ㅖ 都是母音 ㅣ 與其他母音的組合。發音從 ㅣ 開始，然後很快地連到下一個母音。發雙母音所需的時間跟單母音相同，因此要注意，在發雙母音時不要像是在說兩個不一樣的音。

ㅏ ➡ ㅑ

ㅓ ➡ ㅕ

ㅣ + ㅗ ➡ ㅛ

ㅔ ➡ ㅖ

ㅐ ➡ ㅒ

母音	發音	發音方法
ㅑ	[ya]	ㅣ ＋ ㅏ ➡ ㅑ 從做出要發ㅣ的嘴型開始，緊接著快速地發出ㅏ的音。
ㅕ	[yə]	ㅣ ＋ ㅓ ➡ ㅕ 從做出要發ㅣ的嘴型開始，緊接著快速地發出ㅓ的音。在結束發ㅕ的時候，嘴唇不會突起。
ㅛ	[yo]	ㅣ ＋ ㅗ ➡ ㅛ ㅛ從做出要發ㅣ音的嘴型開始，緊接著快速地發出ㅗ的音。在完成ㅛ的發音時，雙唇應該是突出的。
ㅠ	[yu]	ㅣ ＋ ㅜ ➡ ㅠ ㅠ從做出要發ㅣ音的嘴型開始，緊接著快速地發出的音。維持ㅠ的發音久一點。將雙唇向前延伸多一些，下巴要比發音 時更抬高一點。
ㅖ	[ye]	ㅣ ＋ ㅔ ➡ ㅖ 從做出要發ㅣ的嘴型開始，緊接著快速地發出ㅖ的音。
ㅒ	[yæ]	ㅣ ＋ ㅐ ➡ ㅒ 從做出要發ㅣ的嘴型開始，緊接著快速地發出ㅒ的音。

ㅓ vs ㅛ

當發ㅓ和ㅛ的音時，舌頭的位置和高度是一樣的，但嘴型不同。發ㅛ音時，要將嘴唇往外突，讓它變成圓形；但是發ㅓ音時，嘴巴要比發ㅛ音時更張開，所以嘴唇不會是圓形。如果在發ㅛ音時把手指放在嘴唇上，然後在手指維持不動的狀態下發ㅓ音，會發現嘴唇輕輕離開手指。

ㅛ vs ㅠ

當發出ㅛ和ㅠ音時，唇型都是圓的，但下巴位置不同。如果在發ㅠ音時將手背放在臉頰下，並在維持這個姿勢的狀態下發出ㅛ，會發現下巴會更往下一些。

等一下！

- 雖然很難在說話時分辨雙母音ㅖ和ㅒ的發音，但在書寫時必須清楚區分。
- 當雙母音ㅖ與ㅇ或ㄹ以外的子音結合時，通常發ㅔ的音。

  例 시계 [시계/시게]   계시다 [계시다/게시다]
     예우 [예우]   차례 [차례]

- 當雙母音ㅕ與子音ㅈ、ㅉ和ㅊ結合時，發ㅓ的音，寫為져、쪄及쳐，發音分別為[저]、[쩌]及[처]。

跟著念

1. 仔細聆聽並跟著念。

(1) 야   여   요   유   예   애

(2) 야여   여요   요유   유예   예애   애야

(3) 야여요   요유예   예애야

(4) 우유   여유   예우   여우   야유   아야

1. 仔細聆聽並選出聽到的字。

(1) ⓐ 야 ⓑ 여 ⓒ 예

(2) ⓐ 요 ⓑ 여 ⓒ 유

(3) ⓐ 예 ⓑ 여 ⓒ 야

(4) ⓐ 유요 ⓑ 요유 ⓒ 요요

(5) ⓐ 여요 ⓑ 야유 ⓒ 여유

2. 仔細聆聽，正確的畫○，錯誤的畫Ⅹ。

(1) 유유 (　　　)　　(2) 예요 (　　　)

(3) 야유 (　　　)　　(4) 얘야 (　　　)

(5) 유예 (　　　)

이중 모음 2 雙母音 2

　　雙母音ㅘ、ㅙ和ㅚ都是ㅗ和其他母音的組合。雙母音ㅝ、ㅞ和ㅟ都包含ㅜ以及其他母音，而ㅢ是ㅡ和ㅣ的組合。發音一開始和結束時的嘴型不一樣。發雙母音所需的時間跟單母音相同，因此要注意，在發雙母音時不要像是在說兩個不一樣的音。

母音	發音	發音方法
과	[wa]	ㅗ + ㅏ ➡ 과 從做出要發ㅗ的嘴型開始，簡短地發出ㅗ然後馬上發ㅏ的音。
괘	[wæ]	ㅗ + ㅐ ➡ 괘 從做出要發ㅗ的嘴型開始，簡短地發出ㅗ然後馬上發ㅐ的音。
괴	[oe]	ㅗ + ㅣ ➡ 괴 從做出要發ㅗ的嘴型開始，簡短地發出ㅗ然後馬上發ㅐ的音。
궈	[wə]	ㅜ + ㅓ ➡ 궈 從做出要發ㅜ的嘴型開始，簡短地發出ㅜ然後馬上發ㅏ的音。
궤	[we]	ㅜ + ㅔ ➡ 궤 從做出要發ㅜ的嘴型開始，簡短地發出ㅜ然後馬上發ㅔ的音。
귀	[wi]	ㅜ + ㅣ ➡ 귀 從做出要發ㅜ的嘴型開始，簡短地發出ㅜ然後馬上發ㅣ的音。

母音	發音	發音方法
ㅢ	[ɨi]	ㅡ + ㅣ ➡ ㅢ 從做出要發ㅡ的嘴型開始，簡短地發出ㅡ然後馬上發ㅣ的音。和其他雙母音不同的是，這個發音在開始和結束的嘴型沒有什麼變化。

等一下！

- 雖然說話時很難分辨雙母音ㅙ、ㅞ和ㅚ的發音，但在書寫時必須清楚區分。
- 雙母音ㅢ的發音會隨著在字中的位置而有所不同。當它位在第一個音節時，發音一律為[의]；但如果不是在第一個音節，就發音為[의]或[이]。此外，如果[의]是助詞，則發音為[에]。

  例 의아 [의아]　　　　의의 [의의/의이]　　　아이의 우유 [아이에우유]

- 當雙母音ㅢ與一個子音結合時，發音為이。

  例 희다 [히다]　　　　무늬 [무니]

跟著念

1. 仔細聆聽並跟著念。

(1)　와　　　워　　　위　　　의　　　웨　　　왜　　　외

(2)　와워　　워위　　위의　　의웨　　웨왜　　왜외　　외와

(3)　와워위　　위의웨　　웨왜외　　외와워

練習

1. 仔細聆聽並選出聽到的字。

   (1)　　ⓐ 왜　　　　　ⓑ 워　　　　　ⓒ 와

   (2)　　ⓐ 위　　　　　ⓑ 의　　　　　ⓒ 외

   (3)　　ⓐ 워　　　　　ⓑ 웨　　　　　ⓒ 위

   (4)　　ⓐ 의　　　　　ⓑ 워　　　　　ⓒ 위

   (5)　　ⓐ 와　　　　　ⓑ 웨　　　　　ⓒ 워

2. 聆聽連續發音的母音，並用下方方框中的字填入空白，如下所示。

외　워　와　의　위	例
	위 에

   (1)　| 우 |　|

   (2)　| | 외 |

   (3)　| 이 | 에 |

   (4)　| 외 | 요 |

   (5)　| 야 | 어 | 요 |

28

❷ 자음 子音

　　韓語中有 19 個子音，它們無法被單獨使用，必須搭配母音組合成一個音節。在 19 個子音中，最基本的是ㄱ、ㄴ、ㅁ、ㅅ和ㅇ。這些子音的形狀象徵了發音器官的形狀，而這些發音器官在發個別子音時扮演重要角色。ㄱ、ㄴ和ㅅ的創字來源，都是在模仿發出該子音時舌頭在嘴巴裡的位置。ㅁ的創字來源，則是模仿發出ㅁ時的嘴型；而ㅇ的創字來源則是模仿喉嚨的形狀。

　　在這五個子音上加上其他筆劃，就成了其他子音。例如，發ㄷ音時使用的發聲器官跟ㄴ一樣，在嘴巴裡的位置也相同，但ㄷ的聲音比ㄴ更強烈。所以，在ㄴ添加筆劃就會產生ㄷ。

　　下方圖片標示出每個子音的發音位置：

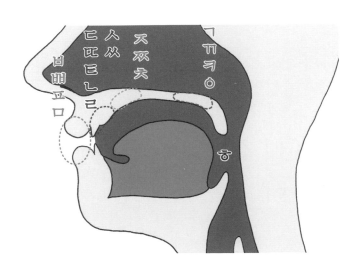

子音主要分為基本子音及雙子音，基本子音總共有 14 個：ㄱ、ㄴ、ㄷ、ㄹ、ㅁ、ㅂ、ㅅ、ㅇ、ㅈ、ㅊ、ㅋ、ㅌ、ㅍ和ㅎ。

016

子音	發音	發音方法
ㄱ	[k] [g]	提起舌根抵住後方硬顎，在移動舌頭時，輕輕且慢慢地釋放氣流以發出聲音，聽起來跟 [k] 相似。如果ㄱ位在兩個母音間，發音與 [g] 相似。 가 거 고 구 그 기　　고요 아기 가구
ㄴ	[n]	輕輕地用舌尖觸碰上排牙齒的後方部分，然後移動舌頭以發出聲音，聽起來會跟 [n] 相似。這是一個鼻音，氣流在鼻腔形成共鳴。 나 너 노 누 느 니　　나이 아니 누나
ㄷ	[t] [d]	輕輕地用舌尖觸碰上排牙齒的後方部分，然後移動舌頭以發出聲音，聽起來會跟 [t] 相似。用舌頭將嘴部通道擋住然後再打開，輕輕且慢慢地釋放氣流。這個子音和ㄴ一樣，舌尖觸碰上排門牙後方的牙齦，但發ㄴ音時氣流在鼻腔形成共鳴，而發ㄷ音時氣流是從嘴巴流出。如果ㄷ位在兩個母音間，發音與 [d] 相似。 다 더 도 두 드 디　　도구 어디 다도
ㄹ	[l] [r]	用舌尖微微觸碰上排牙齒後方的硬顎前緣以發出聲音。舌尖碰觸上排門牙後方的牙齦後馬上離開，聲音聽起來和 [l] 相似。如果ㄹ位在兩個母音間，發音與 [r] 相似。注意，舌頭不像發英文音 [r] 時那樣捲起來。 라 러 로 루 르 리　　라디오 아래 나라

子音	發音	發音方法
ㅁ	[m]	將雙唇緊閉然後打開以發出聲音,聽起來和 [m] 相似。和ㄴ一樣是一個鼻音,氣流在鼻腔形成共鳴。 마 머 모 무 므 미　　머리 이마 마모
ㅂ	[p] [b]	將雙唇緊閉然後打開以發出聲音,聽起來和 [p] 相似。和ㅁ一樣是嘴唇緊閉然後打開,但發ㅁ時空氣在鼻腔形成共鳴,而發ㅂ時空氣是從嘴巴流出。如果ㅂ位在兩個母音間,發音與 [b] 相似。 바 버 보 부 브 비　　부모 나비 부부
ㅅ	[s] [sh]	將舌尖放在接近口腔上顎的地方以發出聲音,但不要施力,聽起來和 [s] 相似。嘴巴裡的空氣會從舌頭和口腔上顎間的窄縫通過。當和母音ㅣ、ㅑ、ㅕ、ㅛ、和ㅠ結合時,ㅅ發音與 [sh] 相似。 사 서 소 수 스 시　　사이 세수 도시
ㅇ	[ø]	這是一個填空性質、沒有音價的子音,當它位在一個母音前面時不發音。當它作為終聲時,發音與 [ng] 相似。 아 어 오 우 으 이　　어머니 더워요 송이* 請參考第 41 頁「終聲」➡
ㅈ	[ch] [j]	將舌頭頂在口腔上顎然後輕輕的移動,讓空氣可以從細縫中流出。發音與 [ch] 相似。舌尖不可以碰到上排門牙的後方牙齦處。如果ㅈ位在兩個母音間,發音與 [j] 相似。 자 저 조 주 즈 지　　지도 바지 자주
ㅊ	[ch]	用力將舌頭頂在口腔上顎然後輕輕的移動,讓空氣可以從細縫中流出。跟ㅈ相比,發出這個子音時需要從嘴巴流出更大量的空氣。 차 처 초 추 츠 치　　차이 고추 기차

子音	發音	發音方法
ㅋ	[k]	將舌根下壓用力抵住後方硬顎，維持一小段時間後移動舌頭發出聲音，氣流應隨著力道被釋放。跟ㄱ相比，發出這個子音時要從嘴巴流出更大量的空氣。 카 커 코 쿠 크 키　　카드 크다 쿠키
ㅌ	[t]	用力將舌尖觸碰上排牙齒的後方部分，維持一小段時間然後移動舌頭發出聲音。氣流應隨著力道被釋放。跟ㄷ相比，發ㅌ時要從嘴巴流出更大量的空氣。 타 터 토 투 트 티　　타조 투수 나이테
ㅍ	[p]	將嘴唇閉合然後打開，發出聲音。與ㅂ相比，你要更用力地閉上嘴唇，讓空氣更有力地釋放。跟ㅂ相比，發出這個子音要從嘴巴流出更大量的空氣。 파 퍼 포 푸 프 피　　파리 포도 대파
ㅎ	[h]	從喉嚨釋放空氣以發出聲音，發音會與 [h] 相似。氣流通過口腔時不遇到任何阻礙。 하 허 호 후 흐 히　　하나 호두 오후

等一下！

- ㄱ和ㅋ的發音方式都是提起舌根、將舌頭抵住後方硬顎然後移動，但在發這兩個音時所需要的氣流、力道各有不同。
- ㄴ、ㄷ和ㅌ的發音方式都是用舌尖壓住上排牙齒後方然後移動，但在發這三個音時所需要的氣流、力道各有不同。
- ㅁ和ㅂ的發音方式都是輕輕閉上嘴唇然後打開。
- ㅅ、ㅈ和ㅊ的發音方式都是讓空氣通過位在舌頭和上顎間的狹窄通道。
- ㅇ和ㅎ都是透過喉嚨發音。ㅇ只有當終聲時才需要發音，發鼻音。
- ㄴ、ㅁ都是鼻音。

1. 仔細聆聽並跟著念。

(1) 가 나 다 라 마 바 사 아 자 차 카 타 파 하

(2) 가수   거위   교수   과자

(3) 나이   나라   노래   나무

(4) 다리   도구   뒤   두부

(5) 라디오   루비   러시아   로마

(6) 마개   모자   무늬   미워요

(7) 바나나   바다   바지   봐요

(8) 사과   새해   소나무   소라

(9) 새우   소주   시계   샤워

(10) 아버지   어머니   오리   오후

(11) 의자   주세요   제주도   추워요

(12) 카카오   코트   코코아   키위

(13) 타요   투수   토마토   이태리

(14) 파리   포도   대표   피해

(15) 하나   하루   허리   회의

1. 仔細聆聽並選出聽到的字。

(1) ⓐ 가 　　　　 ⓑ 카 　　　　 ⓒ 다

(2) ⓐ 수 　　　　 ⓑ 주 　　　　 ⓒ 추

(3) ⓐ 니 　　　　 ⓑ 비 　　　　 ⓒ 미

(4) ⓐ 포 　　　　 ⓑ 보 　　　　 ⓒ 모

(5) ⓐ 누 　　　　 ⓑ 투 　　　　 ⓒ 두

2. 仔細聆聽，正確的畫 O，錯誤的畫 X。

(1) 나라 (　　　) 　　 (2) 바보 (　　　) 　　 (3) 추위 (　　　)

(4) 의자 (　　　) 　　 (5) 호주 (　　　)

3. 仔細聆聽並填入子音，如下方範例。

ㄱ ㄷ ㄹ ㅅ ㅊ ㅋ	例

(1)
 | ㅗ | 기 |

(2)
 | 노 | ㅜ |

(3)
 | ㅣ | 마 |

(4)
 | ㅓ | 피 |

(5)
 | 마 | ㅕ | 요 |

겹자음 雙子音

雙子音是由兩個一樣的子音組成，聲音比基本子音還強。總共有 5 個雙子音。基本子音ㄱ、ㄷ、ㅂ、ㅅ、ㅈ發出更強烈的聲音，就會成雙子音ㄲ、ㄸ、ㅃ、ㅆ、ㅉ。

雙子音	發音	發音方法
ㄲ	[kk]	用力提起舌根抵住後方硬顎一小段時間，然後移動舌頭以發出聲音。用力維持的時間要比發ㄱ時更久，喉嚨也更用力。 까 꺼 꼬 꾸 끄 끼　　꼬리 끄다 어깨
ㄸ	[tt]	用力用舌尖抵住上排牙齒後方一小段時間，然後移動舌頭以發出聲音，用力維持的時間要比發ㄷ時更久，喉嚨也更用力。 따 떠 또 뚜 뜨 띠　　또래 어때요 허리띠
ㅃ	[pp]	用力將嘴唇閉合一小段時間然後打開發出聲音。與ㅂ相比，要用更多力氣，喉嚨也更用力。 빠 뻐 뽀 뿌 쁘 삐　　뿌리 아빠 뽀뽀
ㅆ	[ss]	比起ㅅ，舌尖和喉嚨要更用力以發出聲音。在發這個雙子音時，嘴巴裡的空氣從舌頭和口腔上顎間的窄縫通過，喉嚨也更用力。 싸 써 쏘 쑤 쓰 씨　　싸요 쓰세요 아저씨

雙子音	發音	發音方法
ㅉ	[jj]	舌頭在口腔上顎施力一小段時間，然後輕輕地移動、讓空氣從一個窄縫通過以發出聲音，喉嚨也更用力。 짜 쩌 쪼 쭈 쯔 찌　　짜요 쪼그려 가짜

等一下！

和 ㄱ、ㄷ、ㅂ、ㅅ、ㅈ 相比，ㄲ、ㄸ、ㅃ、ㅆ、ㅉ 在發音時需要更用力。

跟著念

1. 仔細聆聽並跟著唸。

(1) 까　　따　　빠　　싸　　짜

(2) 까다　　꼬마　　깨다　　토끼

(3) 따귀　　뛰어요　　허리띠　　뜨거워

(4) 뻐꾸기　　기뻐요　　예쁘다　　뼈다귀

(5) 싸리비　　쑤다　　사과씨　　쓰기

(6) 찌개　　어째서　　쪼개다　　짜다

36

1. 仔細聆聽並選出聽到的字。

(1) ⓐ 고   ⓑ 꼬   ⓒ 코

(2) ⓐ 뚜   ⓑ 두   ⓒ 투

(3) ⓐ 꺼   ⓑ 뼈   ⓒ 버

(4) ⓐ 쪼   ⓑ 소   ⓒ 쏘

(5) ⓐ 찌   ⓑ 지   ⓒ 치

2. 仔細聆聽，在正確的畫〇，錯誤的畫Ⅹ。

(1) 빼다 (   )   (2) 찌우다 (   )

(3) 씌우다 (   )   (4) 따가워요 (   )

(5) 깨워요 (   )

자음 소리의 세기 비교 子音發音力道的比較

　　子音根據發音力道分類為平音、硬音、激音。在嘴巴裡同一個位置發出的子音使用一樣的發音器官、相似的形狀。平音指的是一般力道，如果平音加上摩擦形成激音，會釋放很多空氣。兩個一樣的平音就會變成硬音，聲音比較強烈。下列子音就是依據發音方式和聲音的力道做區分。

평음 平音	ㄱ	ㄷ	ㅂ	ㅅ	ㅈ
경음 硬音	ㄲ	ㄸ	ㅃ	ㅆ	ㅉ
격음 激音	ㅋ	ㅌ	ㅍ		ㅊ

　　平音是在發音器官維持原來的狀態時發音，發音器官的肌肉不摩擦、不緊張。ㄱ、ㄷ、ㅂ、ㅅ、ㅈ為平音。硬音是透過發音器官緊繃的肌肉發音，阻擋氣流然後用力釋放出聲。ㄲ、ㄸ、ㅆ、ㅃ、ㅉ為硬音。激音是來自氣流從嘴巴釋放時的摩擦而發音。ㅋ、ㅌ、ㅍ、ㅊ為激音。如同圖片所示，激音從嘴巴釋放出來的空氣量最多，其次是平音，硬音釋放的空氣量最少。因此，在發ㅋ、ㅌ、ㅍ、ㅊ時，大量的空氣會從嘴巴釋放；在發ㄲ、ㄸ、ㅃ、ㅆ、ㅉ時，所用的力道會比ㄱ、ㄷ、ㅂ、ㅅ、ㅈ大。

平音：가, 다, 바, 자

激音：카, 타, 파, 차

發音小技巧！

ㄱ ㄷ ㅂ ㅈ
vs
ㅋ ㅌ ㅍ ㅊ

　　平音ㄱ、ㄷ、ㅂ、ㅈ以及激音ㅋ、ㅌ、ㅍ、ㅊ都會從嘴巴釋出空氣，但吐氣時施加的力道不一樣。如同上圖所示，如果你在發가、다、바、자以及카、타、파、차時，將手掌放在嘴巴前，你會發現衝擊手掌的空氣力道有所不同。你在發카、타、파、차時，手掌上會感覺到更多氣流。

ㄱ ㄷ ㅂ ㅈ
vs
ㄲ ㄸ ㅃ ㅉ

　　硬音ㄲ、ㄸ、ㅃ、ㅉ幾乎沒有空氣從嘴巴釋放，因為施力的地方是喉嚨，這點與平音ㄱ、ㄷ、ㅂ、ㅈ不同。如果你在發가、다、바、자以及까、따、빠、짜時把手掌放在嘴巴前面，你會發現在發가、다、바和자的時候，有少量的空氣衝擊你的手掌，但在發까、따、빠和짜的時候，完全不會感覺到空氣。

1. 仔細聆聽並跟著唸。

(1)	가	까	카
(2)	다	따	타
(3)	바	빠	파
(4)	사	싸	
(5)	자	짜	차
(6)	개다	깨다	캐다
(7)	다다	따다	타다
(8)	비다	삐다	피다
(9)	사다	싸다	
(10)	지다	찌다	치다

練習

1. 仔細聆聽，正確的畫〇，錯誤的畫×。

(1) 가 ( )

(2) 추 ( )

(3) 토 ( )

(4) 서 ( )

(5) 삐 ( )

2. 仔細聆聽並選出聽到的字。

(1) ⓐ 토기   ⓑ 토끼   ⓒ 토키

(2) ⓐ 바쁘다   ⓑ 바브다   ⓒ 바프다

(3) ⓐ 까지   ⓑ 까찌   ⓒ 까치

(4) ⓐ 싸다   ⓑ 사다   ⓒ 차다

(5) ⓐ 따르다   ⓑ 다르다   ⓒ 타르다

(6) ⓐ 자다   ⓑ 짜다   ⓒ 차다

(7) ⓐ 비리   ⓑ 삐리   ⓒ 피리

(8) ⓐ 기자   ⓑ 기차   ⓒ 키자

(9) ⓐ 스다   ⓑ 쓰다   ⓒ 츠다

(10) ⓐ 어리   ⓑ 머리   ⓒ 허리

3. 仔細聆聽並填入子音，如下方範例。

싸 끼 파 빼 찌 차 배

例   기 **차** 가   와 요

(1) 고 기 ☐ 주 세 요

(2) ☐ 개 가 매 워 요

(3) 머 리 가 아 ☐ 요

(4) 조 ☐ 가 예 뻐 요

(5) 치 마 가 비 ☐ 요

❸ 받침 終聲

　　韓語裡，一個音節的組成必有單一個母音或是一個子音加母音的組合。下方列出四個可能的聲音組合：單一個母音；一個子音加一個母音；一個母音加一個子音；以及一個子音、一個母音再加一個子音。

　　在一個「子音＋母音＋子音」的音節中，在母音之後的子音稱為終聲。終聲有七個音：[ㄱ]、[ㄴ]、[ㄷ]、[ㄹ]、[ㅁ]、[ㅂ]、[ㅇ]。如果位在終聲位置的子音發音與上述七者不同，它會轉變為其中一個發音。

　　這七個終聲在發音後都會有「結束」的特性，因為發音器官都會封閉。

終聲	代表音	發音方法
ㄱ ㄲ ㅋ	[ㄱ]	악 終聲[ㄱ]的發音方法是先把舌根頂在上顎，停在這裡，然後以一個封閉的聲音停止發音。注意，舌頭不要離開硬顎而發成[아크]的音。此外，要快速地發這個音，才不會聽起來像兩個音節。 국 밖 부엌
ㄴ	[ㄴ]	안 終聲[ㄴ]是讓舌頭頂到牙齒後方的牙齦，使發音停止，這會讓空氣從鼻子流出，以發出聲音。 눈 시간 인천
ㄷ ㅌ ㅅ ㅆ ㅈ ㅊ ㅎ	[ㄷ]	안 終聲[ㄷ]也是透過舌頭碰觸牙齒後方牙齦發出聲音，注意不要讓舌頭離開而發成[아트]的音。 곧 끝 맛 있다 낮 꽃 히읗

終聲	代表音	發音方法
ㄹ	[ㄹ]	알 **等一下！** 有時候ㄹ會連續出現，例如몰라，要注意不要只發一個ㄹ的音。 終聲[ㄹ]是讓舌尖在上排牙齒後方使發音停止，要確保你在發母音之後快速發出ㄹ，才不致聽起來像兩個音節。 **달 주말 몰라**
ㅁ	[ㅁ]	암 終聲[ㅁ]是透過雙唇緊閉發音。空氣會從鼻子流出，而非嘴巴。 **몸 사람 감기**
ㅂ ㅍ	[ㅂ]	압 終聲[ㅂ]是透過雙唇緊閉發音，要注意，雙唇不能分開，如果分開，發音聽起來像[아프]。 **집 밥 숲**
ㅇ	[ㅇ]	앙 終聲[ㅇ]的發音方法是把舌根頂在上顎，這個發音方法和[ㄱ]相同，但不同之處在於發音時空氣通過鼻子，而非嘴巴。 **방 명동 승강장**

　　可以依據舌頭位置和張嘴幅度區分終聲[ㄴ]、[ㅇ]、[ㄷ]和[ㄱ]。[ㄴ]是藉由舌尖觸碰上排牙齒後方牙齦發音,但[ㅇ]的發音方式為舌根碰觸上顎,而非牙齒後方。發[ㅇ]音時,下巴會比[ㄴ]更往下。

比較	[ㄴ]	[ㅇ]
	안	앙
舌頭位置		
張嘴幅度		

　　[ㄷ]和[ㄱ]的狀況也一樣。[ㄷ]是藉由舌尖碰觸牙齒後方牙齦發音,但[ㄱ]的發音方式為舌根碰觸上顎,而非碰觸牙齒後方。發[ㄱ]時,下巴會比[ㄷ]更往下。

比較	[ㄷ]	[ㄱ]
	앋	악
舌頭位置		
張嘴幅度		

겹받침 複終聲

兩個子音可以在一個音節的末音處組合成為複終聲，韓語複終聲裡只有一個子音可發音。當複終聲位在一個字的字尾或在某個子音之前，ㄳ, ㄵ, ㄶ, ㄼ, ㄽ, ㄾ, ㅀ, ㅄ發前面的子音[ㄱ]、[ㄴ]、[ㄹ]、[ㅂ]；而ㄺ, ㄻ, ㄿ則發後面的子音[ㄱ]、[ㅁ]、[ㅂ]。

032

當複終聲中的第一個子音發音時

☑☐

ㄳ	[ㄱ]	삯 [삭]	몫 [목]	넋 [넉]
ㄵ ㄶ	[ㄴ]	앉다* [안따] 많다** [만타]	얹다 [언따] 괜찮다 [괜찬타]	
ㄼ ㄽ ㄾ ㅀ	[ㄹ]	여덟 [여덜] 외곬 [외골] 핥다 [할따] 싫다 [실타]	넓다 [널따] 훑다 [훌따] 잃다 [일타]	짧다 [짤따]
ㅄ	[ㅂ]	값 [갑]	없다 [업따]	

等一下！

* 跟앉다[안따]相同，如果ㄱ、ㄷ、ㅅ、ㅈ出現在一個複終聲之後，他們的發音分別是[ㄲ]、[ㄸ]、[ㅆ]、[ㅉ]。請參考第 72 頁「硬音化」

**在一個複終聲裡，只發一個子音，另一個子音不發音，但複終聲中其中一個子音為ㅎ的ㄶ、ㅀ是例外。如果ㄱ、ㄷ、ㅈ接在有ㅎ的複終聲之後，如많다[만타]，不僅複終聲的第一個子音要發音，ㅎ也要與ㄱ、ㄷ、ㅈ結合，發為[ㅋ]、[ㅌ]、[ㅊ]。請參考第 58 頁「激音化」

當複終聲中的第二個子音發音時

□ ☑

리	[ㄱ]	닭 읽다 밝다
ㄿ	[ㅁ]	삶 젊다
ㄿ	[ㅂ]	읊다

下方列出ㄹ和ㄿ例外的發音狀況。在複終聲中，ㄹ發第二個子音的音，唸為[ㄱ]。如닭等名詞都發音為[ㄱ]，沒有例外；然而，如果是動詞和形容詞的狀況，就會因為接續的子音而出現例外。如果複終聲後面接的子音是ㄱ，複終聲就不發[ㄱ]的音，而是發複終聲第一個子音[ㄹ]的音。

複終聲ㄿ的發音會因為個別單字出現例外。通常複終聲ㄿ會發第一個音[ㄹ]的音，但在밟다、넓죽하다、넓둥글다、넓적하다中，會發第二個子音[ㅂ]的音。

	規則			例外	
□☑ 리	[ㄱ]	닭과 읽다 밝지 맑습니다	☑□ 리	[ㄹ]	읽고 밝게 맑거나
☑□ ㄿ	[ㄹ]	여덟 넓다	□☑ ㄿ	[ㅂ]	밟다 넓죽하다 넓둥글다 넓적하다

跟著念

1. 仔細聆聽並跟著念。

(1) 남산　　　　　한강　　　　　연습　　　　강남

(2) 일본　　　　　영국　　　　　꽃집　　　　국밥

(3) 속 솥　　　　북 붓

(4) 밖 밭 밥　　　숙 숯 숲

(5) 곰 공　　　　사람 사랑

(6) 돈 돔 동　　　산 삼 상

(7) 참가 창가 찬가　　인삼 인상 인산

(8) 밥 굶지 마세요.

(9) 여덟 시에 만나요.

(10) 넓지 않지만 괜찮다.

(11) 여기에 앉지 마세요.

(12) 닭과 개는 있지만 소는 없다.

練習

1. 仔細聆聽，正確的畫○，錯誤的畫╳。

(1) 악기　（　　　）　　(2) 하교　（　　　）

(3) 언제　（　　　）　　(4) 안내　（　　　）

(5) 걸리다 （　　　）　　(6) 동물　（　　　）

(7) 만나　（　　　）　　(8) 고연　（　　　）

(9) 가죽　（　　　）　　(10) 여섯　（　　　）

2. 仔細聆聽並選出聽到的字。

(1)　　ⓐ 언　　　　　ⓑ 엄　　　　　ⓒ 엉

(2)　　ⓐ 반　　　　　ⓑ 밤　　　　　ⓒ 방

(3)　　ⓐ 판　　　　　ⓑ 팜　　　　　ⓒ 팡

(4)　　ⓐ 참가　　　　ⓑ 창가　　　　ⓒ 찬가

(5)　　ⓐ 인산　　　　ⓑ 인삼　　　　ⓒ 인상

(6)　　ⓐ 밭　　　　　ⓑ 밖　　　　　ⓒ 밥

(7)　　ⓐ 이익　　　　ⓑ 이일　　　　ⓒ 이입

(8)　　ⓐ 곳　　　　　ⓑ 곡　　　　　ⓒ 곱

(9)　　ⓐ 닭　　　　　ⓑ 닫　　　　　ⓒ 답

(10)　ⓐ 숙　　　　　ⓑ 숯　　　　　ⓒ 숲

3. 仔細聆聽並將聽到的終聲連起來。

(1)　•

(2)　•　　　　　　　　　　　　•　ⓐ [ㄱ]

(3)　•

(4)　•　　　　　　　　　　　　•　ⓑ [ㄴ]

(5)　•

(6)　•　　　　　　　　　　　　•　ⓒ [ㄷ]

(7)　•　　　　　　　　　　　　•　ⓓ [ㄹ]

(8)　•　　　　　　　　　　　　•　ⓔ [ㅁ]

(9)　•　　　　　　　　　　　　•　ⓕ [ㅂ]

(10)　•　　　　　　　　　　　　•　ⓖ [ㅇ]

❹ 연음 連音

　　在一個音的結尾是終聲或終聲後緊接子音時，只念 7 個音：[ㄱ]、[ㄴ]、[ㄷ]、[ㄹ]、[ㅁ]、[ㅂ]、[ㅇ]。然而，當一個助詞、語尾或字尾的開頭是一個接續在終聲之後的母音，終聲與下一音節的母音連續發音。

例 옷 [온]　옷이 [오시]

　　在複終聲或一個複終聲後面緊接一個子音的狀況下，只發終聲兩個子音中的其中一個音。然而，如果母音後面緊接著一個複終聲，只發出兩個子音中的第一個子音作為終聲，而第二個子音則接續到下一音節。

例 읽다 [익따]　읽어요 [일거요]

終聲	連音
ㄱ	국이 [구기]　　책은 [채근]　　먹어요 [머거요] 例 태국에 가요.
ㅋ	부엌에 [부어케]　부엌을 [부어클] 동녘이 [동녀키] 例 부엌에서 요리를 해요.

49

終聲	連音
ㄲ	밖에 [바께]　　밖으로 [바끄로] 깎아요 [까까요] 例 깎아 주세요.
ㄴ	눈이 [누니]　　신어요 [시너요] 인천에 [인처네] 例 눈이 크고 예뻐요.
ㄷ	닫아요 [다다요]　　받으세요 [바드세요] 굳은 [구든] 例 네시에 문을 닫아요.
ㅅ	맛이 [마시]　　씻어요 [씨서요]　　옷을 [오슬] 例 손을 깨끗이 씻으세요.
ㅆ	왔어요 [와써요]　　샀으면 [사쓰면] 있어서 [이써서] 例 저녁에 시간이 있어요?
ㅈ	낮에는 [나제는]　　찾아요 [차자요] 잊으세요 [이즈세요] 例 늦어서 미안해요.

終聲	連音
ㅊ	낯이 [나치]　　　꽃에 [꼬체]　　　빛은 [비츤] 例 무슨 꽃이 예뻐요?
ㅌ	밑에 [미테]　　　같은 [가튼] 맡아서 [마타서] 例 나이가 같아요.
ㄹ	물은 [무른]　　　서울에서 [서우레서] 놀아요 [노라요] 例 서울에 살아요.
ㅁ	몸이 [모미]　　　지금은 [지그믄] 처음에 [처으메] 例 이름이 뭐예요?
ㅂ	밥은 [바븐]　　　입어요 [이버요]　　　집에 [지베] 例 우리 집에 오세요.
ㅍ	옆으로 [여프로]　　숲에서 [수페서]　　깊이 [기피] 例 학교 앞에서 만나요.

51

終聲	連音	
ㅎ ㄶ ㅀ	좋은 [조은] 괜찮아요 [괜차나요] 싫어서 [시러서] 例 날씨가 좋아요. 　　생선을 싫어해요.	等一下！ 當ㅎ與一個母音結合時，ㅎ脫落，不發音。 좋은 [조흔] (X) **請參考第 66 頁「ㅎ音脫落」** 사람이 **많아요**.
ㄺ	맑아서 [말가서] 읽으세요 [일그세요] 例 동생이 책을 읽어요.	밝은 [발근]
ㄵ	앉으세요 [안즈세요] 앉은 [안즌] 例 여기 앉으세요.	앉아서 [안자서]
ㄾ	핥아요 [할타요] 핥은 [할튼] 例 책을 훑어 보세요.	핥으니까 [할트니까]
ㄻ	젊어요 [절머요] 삶으세요 [살므세요] 例 젊어 보여요.	굶은 [굴믄]

終聲	連音	
ㄼ	넓어서 [널버서]	얇은 [얄븐]
	밟으면 [발브면]	
	例 머리가 **짧아**요.	
ㄿ	읊어요 [을퍼요]	읊은 [을픈]
	읊으면 [을프면]	
	例 시를 **읊어**요.	
ㄱㅅ ㄹㅅ ㅂㅅ	몫을 [목쓸] 곬이 [골씨] 없어요 [업써요]	等一下! 當ㅅ在複終聲（如ㄳ、ㄽ）中時，ㅄ 的發音如同硬音[ㅆ]。 없어요 [업서요] (X) 請參考第72頁「硬音化」
	例 이건 당신 **몫이**에요.　　**외곬으로** 생각한다. 　　과일**값이** 비싸요.	

等一下!

- 終聲ㅇ不會連音，即不會被帶到下一個音
  節的第一個音，而且發音為[ㅇ]，與本來
  相同。

  例 한강에서 [한강에서]　　종이 [종이]

- 源自漢字詞如음악[으막]和일요일[이료일]，
  發音都是相接的。單位名詞如원、월、일
  和-인분也都是相接的。例如천 원[처눤]、1
  월11일[이뤌시비릴]和3인분[사민분]。

連音的規則只適用於一個終聲接母音音節的助詞、語尾。若終聲所接母音音節不是助詞、語尾，則不適用連音規則。根據終聲的發音規則，當一個終聲後接著以母音ㅏ、ㅓ、ㅗ、ㅜ或ㅟ開頭的完整單字，終聲的發音會變成七種終聲代表音的其中一種，並連音到下一個音節，成為初聲。

例 옷이 [오시]　옷 안 [옫｜안] → [오단] (O) [오산] (X)

윗옷	[윋｜옫] → [위돋](O)　[위손](X)
	例 윗옷을 두 벌 샀다.
겉옷	[걷｜옫] → [거돋](O)　[거톤](X)
	例 더우면 겉옷은 벗으세요.
맛없다	[맏｜업따] → [마덥따](O)　[마섭따](X)
	例 그건 비싸고 맛없어요.
밭 아래	[받｜아래] → [바다래](O)　[바타래](X)
	例 밭 아래에는 강이 흐르고 있다.
꽃 위	[꼳｜위] → [꼬뒤](O)　[꼬취](X)
	例 꽃 위에 나비가 앉았다.
무릎 위	[무릅｜위] → [무르뷔](O)　[무르퓌](X)
	例 할머니 무릎 위에 앉아 놀았다.

부엌 안	[부억ㅣ안] → [부어간](O) [부어칸](X) 例 부엌 안으로 들어가 봤다.
못 오는	[몯ㅣ오는] → [모도는](O) [모소는](X) 例 못 오는 사람은 전화하세요.

等一下！

依據規則，맛있다和멋있다的發音應該是[마딛따]和[머딛따]，但是[마싣따]和[머싣따]也可被認定為標準的發音。

跟著念

1. 仔細聆聽並跟著念。

(1) 식탁을 닦아요.

(2) 부엌에서 수박을 먹어요.

(3) 공원에서 사진을 찍을까요?

(4) 선물을 받으세요.

(5) 이것은 무엇인가요?

(6) 지금은 매운 음식을 잘 먹어요.

(7) 은행에서 돈을 찾았어요.

(8) 노트북은 얇을수록 비싸요.

(9) 오전에 수업이 있어요.

(10) 지하철에 사람이 많아요.

(11) 바람이 많이 불어요.

(12) 날씨가 맑아요.

(13) 시간이 없으니까 택시를 탑시다.

(14) 친구들이 앉아 있어요.

(15) 한국에서 제일 높은 산이 어디예요?

1. 仔細聆聽，正確的畫○，錯誤的畫X。

(1) 없어 （　　　）   (2) 옆에 （　　　）

(3) 흙에 （　　　）   (4) 곳을 （　　　）

(5) 섞여 （　　　）   (6) 닫아 （　　　）

(7) 같은 （　　　）   (8) 굵어서 （　　　）

(9) 공원 （　　　）   (10) 삶은 （　　　）

2. 仔細聆聽並選出聽到的字。

(1) 믿어요 ⓐ ⓑ   (2) 꺾어서 ⓐ ⓑ

(3) 꽂은 ⓐ ⓑ   (4) 삶은 ⓐ ⓑ

(5) 동녘에 ⓐ ⓑ   (6) 값에 ⓐ ⓑ

(7) 훑은 ⓐ ⓑ   (8) 앉아 ⓐ ⓑ

(9) 끝으로 ⓐ ⓑ   (10) 젊은이 ⓐ ⓑ

3. 仔細聆聽並選出聽到的字。

(1) ⓐ 깍아   ⓑ 깎아   ⓒ 깍아

(2) ⓐ 짚에   ⓑ 집베   ⓒ 집에

(3) ⓐ 밑은   ⓑ 민은   ⓒ 미른

(4) ⓐ 핥아   ⓑ 하타   ⓒ 할아

(5) ⓐ 일른   ⓑ 일흔   ⓒ 잃은

(6) ⓐ 밟아요   ⓑ 밝아요   ⓒ 발아요

(7) ⓐ 굴어요   ⓑ 굵어요   ⓒ 굼어요

(8) ⓐ 맡은   ⓑ 맛은   ⓒ 맞은

(9) ⓐ 앞이   ⓑ 압이   ⓒ 앗이

(10) ⓐ 동은   ⓑ 돈은   ⓒ 돈는

Part II

發音規則

① 축하 [추카]

對話 045

민호 페이 씨, 생일 축하해요. 이거 받으세요.

페이 와, 고마워요. 꽃향기가 좋네요.

민호 페이 씨하고 어울릴 것 같아서 샀어요.

페이 고마워요. 우리 저녁 먹고 노래방에 갈까요?

민호 좋지요. 페이 씨는 노래 잘해요?

페이 잘 못해요. 하지만 노래방 분위기를 좋아해요.

　　　그리고 한국어도 연습할 수 있어서 좋고요.

| 축하해요[추카해요] | 꽃향기[꼬탕기] | 좋지요[조치요] |
| 못해요[모태요] | 연습할[연스팔] | 좋고요[조코요] |

축的終聲ㄱ與하中的ㅎ結合成[ㅋ]的發音。

在以下狀況中，ㄱ、ㄷ、ㅂ、ㅈ的發音分別為[ㅋ]、[ㅌ]、[ㅍ]、[ㅊ]。

1　當ㄱ、ㄷ、ㅈ出現在終聲ㅎ、ᆭ或ᆶ之後，它跟ㅎ結合，分別發音為[ㅋ]、[ㅌ]或[ㅊ]。

어떻게 → [어떠케]　　끊겨서 → [끈켜서]　　잃고 → [일코]

넣다 → [너타]　　많다 → [만타]　　싫다 → [실타]

놓지 → [노치]　　많지 → [만치]　　잃지 → [일치]

2 當ㅎ接在終聲ㄱ、ㄷ、ㅂ、ㅈ、ㄵ、ㄹㄱ、ㄹㅂ之後，這些終聲與ㅎ結合，發音為[ㅋ]、[ㅌ]、[ㅍ]、[ㅊ]。

막히다 → [마키다]　　복학하다 → [보카카다]　　읽히다 → [일키다]

맏형 → [마텽]

입학 → [이팍]　　접혀서 → [저펴서]　　밟히다 → [발피다]

꽂히다 → [꼬치다]　　앉히고 → [안치고]　　얹히다 → [언치다]

等一下！

當終聲ㅈ和ㅎ在一個字中結合時，ㅈ發音為[ㅊ]，例如꽂히다；但是，如果是像낮這種名詞，終聲ㅈ的發音則發代表音[ㄷ]，然後與ㅎ結合，發音為[ㅌ]。

例 꽂히다 [꼬치다]　　낮하고 [나타고]

3   終聲ㅅ、ㅈ、ㅊ、ㅌ的代表音[ㄷ]跟ㅎ結合，發[ㅌ]音。

못해요 → [모태요]   낮 한 때 → [나탄때]

꽃향기 → [꼬턍기]   풀밭하고 → [풀바타고]

1.   仔細聆聽並跟著念。

(1)

좋고	놓고	닿고	끊겨서	닳고
	쌓다	괜찮다	않다	싫다
	좋지요	많지만	잃지	앓지

(2)

축하	막혀요	시작합니다	밝혀서	읽혀요
	맏형	답답해요	입혀요	밟혔어요
	맞히다	잊히다	앉히세요	얹히고

(3)

못 해요	옷하고	낮하고	몇 호실	밭하고

2. 仔細聆聽下方句子並跟著念。

(1) 물건을 <u>그렇게</u> <u>쌓지</u> 마세요.
　　　　[그러케][싸치]

(2) 건강을 <u>잃지</u> <u>않도록</u> 조심하세요.
　　　　[일치][안토록]

(3) <u>백화점</u>에 가서 <u>장갑하고</u> 모자를 샀습니다.
　　[배콰점]　　　　[장가파고]

(4) 민수 씨는 든든한 <u>맏형</u>이에요.
　　　　　　[마텽]

(5) 밥을 급하게 먹었더니 <u>얹혔어요.</u>
　　　　[그파게]　　　　　[언처써요]

(6) <u>밥솥하고</u> 냉장고를 바꾸고 싶어요.
　　[밥쏘타고]

(7) <u>따뜻한</u> 차를 마시고 싶어요.
　　[따뜨탄]

(8) 브라질은 우리나라와 <u>낮하고</u> 밤이 정반대예요.
　　　　　　　　　　[나타고]

(9) 시청에 가려면 <u>몇 호선</u>을 타야 해요?
　　　　　　　[며토선]

(10) 정답을 <u>맞히면</u> 선물을 드립니다.
　　　　[마치면]

1. 仔細聆聽，正確的畫○，錯誤的畫✗。

(1) 꽃향기 (　　　)   (2) 북해도 (　　　)

(3) 읽히자 (　　　)   (4) 놓도록 (　　　)

(5) 쌓지 (　　　)   (6) 많다 (　　　)

(7) 넓히고 (　　　)   (8) 앉히면 (　　　)

(9) 웃하고 (　　　)   (10) 닳다 (　　　)

2. 仔細聆聽並選出正確的發音。

(1) 끊고   ⓐ   ⓑ

(2) 많지요   ⓐ   ⓑ

(3) 백화점   ⓐ   ⓑ

(4) 입혀요   ⓐ   ⓑ

(5) 앉히고   ⓐ   ⓑ

(6) 잊혀진   ⓐ   ⓑ

(7) 깨끗한   ⓐ   ⓑ

(8) 낮 한 때   ⓐ   ⓑ

(9) 꽃 한 송이   ⓐ   ⓑ

(10) 밭하고   ⓐ   ⓑ

3. 從所有標有底線的字彙中，勾選出符合激音化發音規則者，如下方範例。

> **例**
>
> 이 꽃 한 송이에 얼마예요?
>
>   ✔   ⓑ

(1) 색깔이 너무 빨갛다고 싫대요.
                 ⓐ   ⓑ

(2) 학생들을 이쪽에 앉혀 주세요.
     ⓐ   ⓑ

(3) 잘못을 했으면 떳떳하게 밝히고 용서를 구하세요.
                ⓐ   ⓑ

(4) 길이 막혀서 한 사람도 지나갈 수 없어요.
          ⓐ   ⓑ

(5) 학교 앞 도로를 넓히기 위한 공사를 진행 중입니다.
              ⓐ   ⓑ

4. 選出最適合填入空白中的句子，並寫下句子的代表字母。

> ⓐ 운전자의 졸음운전 때문인 것으로 **밝혀졌어요**.
>
> ⓑ 졸업 **축하** 선물로 옷 **한 벌** 해 줄까 해요.
>
> ⓒ 이번에 회장으로 **뽑혔다면서요**?
>
> ⓓ 요즘 세일 기간이라서 백화점에 사람이 **많지요**?

(1) 가: _____

     나: 네, 정말 많더라고요.

(2) 가: 경찰 조사 결과가 **어떻게** 나왔어요?

     나: _____

(3) 가: _____

     나: 조카가 좋아하겠어요.

(4) 가: _____

     나: 네, 학생들을 위해서 열심히 일할 생
         각이에요.

5. 用方框內的字句編寫一則故事，如下方範例。

例

백화점 百貨公司

백화점	주차장을 넓히다
공사를 시작하다	복잡하다
옷하고 가방	구경을 못하다

　　지난 주말에 집 근처에 있는 **백화점**에 갔습니다. 이 **백화점**은 얼마 전에 주차장을 **넓히**는 공사를 **시작했는**데 그 후로 주변 도로가 항상 **복잡합니다.** 다음 주가 동생 생일이라서 선물로 줄 **옷하고** 가방을 사러 갔지만 사람들이 너무 많아서 구경도 **못하고** 그냥 왔습니다.

명동 明洞

화장품 가게	옷가게
많다	관광객
복잡하다	급하다
발을 밟히다	

❷ 괜찮아요 [괜차나요]

 對話 🎧 050

지원 표정이 왜 그렇게 안 좋아요? 무슨 일 있어요?

페이 학교 오다가 지갑을 잃어버렸어요.

지원 어떡해요. 지갑에 돈이 많이 있었어요?

페이 아니요, 현금은 별로 없어서 괜찮아요. 카드도 분실 신고했고요.

　　　그런데 지갑 안에 넣어 놓은 사진은 소중한 거라서 찾고 싶어요.

지원 너무 걱정하지 마세요. 지갑을 주운 사람이 돌려줄지도 몰라요.

페이 그랬으면 좋겠네요.

좋아요[조아요]	잃어버렸어요[이러버려써요]	많이[마니]
괜찮아요[괜차나요]	넣어[너어]	놓은[노은]

찮中的終聲ㅎ與一個母音結合，此ㅎ不發音。

在下列狀況中，ㅎ不發音。

1 當終聲ㅎ、ㄶ、ㅀ後方緊接著一個母音時，ㅎ不發音。

낳아요 → [나아요]　　　　많이 → [마니]　　　　　　끊어서 → [끄너서]

싫은 → [시른]　　　　　　잃었어요 → [이러써요]

2 當終聲ㄶ、ㅀ後方緊接著ㄴ時，ㅎ不發音。

않는 → [안는]　　　　　　많네요 → [만네요]　　　　잃는*→ [알른]

參考資料：ㅎ弱化

當終聲ㄴ、ㄹ、ㅁ、ㅇ後方緊接著ㅎ時，ㅎ音弱化，可輕輕地發ㅎ或完全不發音。

例　은행 [은행]/[으냉]　　전화 [전화]/[저놔]　　결혼 [결혼]/[겨론]
　　실행 [실행]/[시랭]　　남행 [남행]/[나맹]　　범행 [범행]/[버맹]
　　영향 [영향]/[영양]　　공항 [공항]/[공앙]

等一下！

* ㅎ不發音，而ㄹ和ㄴ鄰接時，ㄴ的發音變為ㄹ。

請參考第 108 頁「流音化」➡

1. 仔細聆聽並跟著念。

(1)

좋아요	좋으세요	넣었어요	쌓여서
	많아요	싫은가요	끓였어요

(2)

많네요	먹지 않는	괜찮네요	뚫는다

2. 仔細聆聽下方句子並跟著念。

(1) 그 물건은 책상 위에 놓으세요.
　　　　　　　　[노으세요]

(2) 스트레스가 쌓이면 어떻게 하세요?
　　　　[싸이면]

(3) 매운 음식은 별로 좋아하지 않아요.
　　　　　　　　[조아하지][아나요]

(4) 지금 라면을 끓이고 있어요.
　　　　　　[끄리고]

(5) 시장에 사람이 참 많네요.
　　　　　　[만네요]

(6) 가방에 뭘 이렇게 많이 넣었어요?
　　　　　　[마니][너어써요]

(7) 돼지고기를 싫어하는 사람도 있어요.
　　　　　　[시러하는]

(8) 저는 물을 끓여서 마십니다.
　　　　　[끄려서]

(9)　이건 벽에 구멍을 <u>뚫는</u> 기계예요.
　　　　　　　　　[뚤른]

(10)　이 신발만 신었더니 신발이 많이 <u>닳았어요</u>.
　　　　　　　　　[다라써요]

練習

1. 仔細聆聽，正確的畫〇，錯誤的畫 X。　🎧053

(1)　좋아요　(　　　)
(2)　놓아요　(　　　)
(3)　넣어도　(　　　)
(4)　쌓이다　(　　　)
(5)　많네요　(　　　)
(6)　끊어서　(　　　)
(7)　닳는다　(　　　)
(8)　끊어요　(　　　)
(9)　싫으면　(　　　)
(10)　괜찮은　(　　　)

2. 仔細聆聽並選出正確的發音。　🎧054

(1)　쌓이면　　　ⓐ　　　ⓑ
(2)　않아　　　ⓐ　　　ⓑ
(3)　괜찮아　　　ⓐ　　　ⓑ
(4)　끊으세요　　　ⓐ　　　ⓑ
(5)　닳아서　　　ⓐ　　　ⓑ
(6)　낳았는데　　　ⓐ　　　ⓑ
(7)　옳은　　　ⓐ　　　ⓑ
(8)　가지 않는　　　ⓐ　　　ⓑ
(9)　싫은 사람　　　ⓐ　　　ⓑ
(10)　넣으세요　　　ⓐ　　　ⓑ

3. 從所有標有底線的字彙中，勾選出符合ㅎ音脫落規則者，如下方範例。

> **例**
>
> 많고 많은 사람 중에 당신을 사랑해요.
> ⓐ   ✔

(1) 넌 재능도 소질도 없잖아. 내가 그 일을 맡는 게 낫지 않을까?
ⓐ   ⓑ

(2) 동생이 많이 아끼는 물건이니까 사용한 후에는 상자에 넣어 주세요.
ⓐ   ⓑ

(3) 이 서류는 희영 씨 책상 위에 놓아 주세요.
ⓐ   ⓑ

(4) 대답 못하는 게 아니라 그냥 알려 주기 싫은 거 아니에요?
ⓐ   ⓑ

(5) 감기 몸살을 앓을 때는 생강차, 피로가 쌓였을 때는 레몬차!
ⓐ   ⓑ

4. 選出最適合填入空白中的句子，並寫下句子的代表字母。

> ⓐ 일이 좀 **많았어요**.
>
> ⓑ 아무리 쉬어도 피로가 풀리지 **않네요**.
>
> ⓒ 이 보고서 어디에 **놓을까요**?
>
> ⓓ 이런 날은 지하철을 타는 게 **좋을** 것 같아요.

(1) 가: _____

나: 과장님 책상 위에 놓고 가세요.

(2) 가: 밤새 눈이 **많이** 내려서 길이 막힐 것 같아요.

나: _____

(3) 가: 요즘 왜 수업에 안 나왔어요?

나: _____

(4) 가: _____

나: 피로가 **쌓였을** 때는 요가나 스트레칭을 하면 효과가 있어요.

5. 用方框內的字句編寫一則故事，如下方範例。

例

치즈 라면 만들기 烹煮起司拉麵

물을 끓이다

면을 넣다

그릇에 담다

치즈를 넣다

여러분, 라면을 좋아하세요? 오늘은 치즈 라면을 만들어 봐요.

먼저 냄비에 물을 넣고 끓이세요. 그리고 물이 끓으면 면과 스프를 넣으세요. 5분 정도 더 끓이세요. 다 끓으면 불을 끄고 그릇에 담으세요. 거기에 치즈를 넣어서 드시면 됩니다. 쉽지요? 여러분도 한번 해 보세요.

스파게티 만들기 烹煮義大利麵

물을 끓이다　　　스파게티 면을 넣다

토마토를 먹기 좋은 크기로 자르다　　　소스를 만들다　　　채소를 볶다

❸ 식당 [식땅]

페이　저스틴, 점심 먹고 갈 거야? 같이 먹을래?

저스틴　응, 아침을 못 먹어서 너무 배고파.

페이　넌 보통 아침 먹고 오잖아.

저스틴　오늘은 늦잠 자서 밥도 못 먹고 머리도 못 감고 왔어.

페이　학생 식당으로 갈까?

저스틴　그래, 빨리 가자. 늦게 가면 앉을 데가 없더라.

먹고[먹꼬]　　갈 거야[갈꺼야]　　늦잠[늗짬]　　밥도[밥또]　　감고[감꼬]

학생 식당[학쌩식땅]　　늦게[늗께]　　앉을 데[안즐떼]　　없더라[업떠라]

식中的終聲ㄱ與당的ㄷ鄰接時，ㄷ的發音變動為[ㄸ]。

在下列狀況中，ㄱ、ㄷ、ㅂ、ㅅ、ㅈ硬音化，發音為[ㄲ]、[ㄸ]、[ㅃ]、[ㅆ]和[ㅉ]。

1 當ㄱ、ㄷ、ㅂ、ㅅ、ㅈ後方緊接著發音為[ㄱ]、[ㄷ]、[ㅂ]的終聲ㄱ（ㄲ、ㅋ、ㄳ、ㄺ）、ㄷ（ㅅ、ㅆ、ㅈ、ㅊ、ㅌ）和ㅂ（ㅍ、ㄼ、ㄿ、ㅄ）時，它們發音為[ㄲ]、[ㄸ]、[ㅃ]、[ㅆ]、[ㅉ]。

	ㄱ ㄷ ㅂ ㅅ ㅈ	→	[ㄲ] [ㄸ] [ㅃ] [ㅆ] [ㅉ]
ㄱ (ㄲ, ㅋ, ㄳ, ㄺ)			

축구 → [축꾸]   식당 → [식땅]   학비 → [학삐]

깎습니다 → [깍씀니다]   읽지* → [익찌]

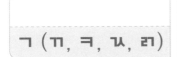

* 在複終聲ㄺ中，第二個子音ㄱ發音為[ㄱ]，如同읽지[익찌]；而當第一個子音ㄹ發音為[ㄹ]時，也會轉為硬音化，變成읽고[일꼬]。欲了解ㄺ的發音。 請參考第 41 頁「終聲」

	ㄱ ㄷ ㅂ ㅅ ㅈ	→	[ㄲ] [ㄸ] [ㅃ] [ㅆ] [ㅉ]
ㄷ (ㅅ, ㅆ, ㅈ, ㅊ, ㅌ)			

듣기 → [듣끼]   꽃다발 → [꼳따발]   팥빙수 → [팓삥수]

있습니다 → [읻씀니다]   낮잠 → [낟짬]

입구 → [입꾸]　　　　밥다 → [밥따]　　　　값보다 → [갑뽀다]

읊습니다 → [읍씀니다]　　없지 → [업찌]

2　當ㄱ、ㄷ、ㅅ、ㅈ緊接在終聲ㄴ(ㄵ)、ㅁ(ㄻ)、ㄼ之後，且ㄼ是在名詞或動詞中，
　ㄱ、ㄷ、ㅅ、ㅈ的發音為[ㄲ]、[ㄸ]、[ㅆ]、[ㅉ]。

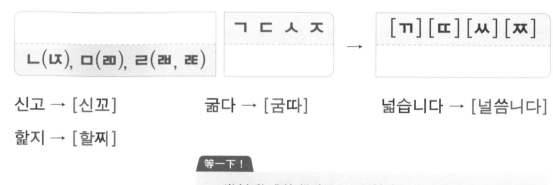

신고 → [신꼬]　　　　굶다 → [굼따]　　　　넓습니다 → [널씀니다]

핥지 → [할찌]

> **等一下！**
> • 當被動或使役字尾기緊接在ㄴ(ㄵ)和ㅁ(ㄻ)之後，
>   發音不發硬化音[끼]；안기다、신기다、감기다、
>   남기다、굶기다、옮기다中的기必須發為[기]。

3　當終聲ㅎ、ㄶ、ㅀ後方緊接著ㅅ時，ㅅ發音為[ㅆ]。

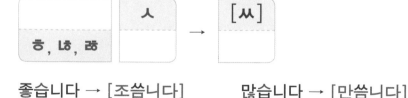

좋습니다 → [조씀니다]　　많습니다 → [만씀니다]

잃습니다 → [일씀니다]

> **等一下！**
> 當ㅅ緊接在終聲ㅎ、ㄶ或ㅀ之後，發音發硬音[ㅆ]。
> 當ㄱ、ㄷ、ㅈ出現在這些終聲之後，不發硬音，而
> 是激音化唸[ㅋ]、[ㅌ]或[ㅊ]。　請參考第58頁「激音化」➤

4 當動詞或形容詞字尾後面加上的-(으)ㄹ後面接ㄱ、ㄷ、ㅂ、ㅅ、ㅈ，ㄱ、ㄷ、ㅂ、ㅅ、ㅈ的發音為[ㄲ]、[ㄸ]、[ㅃ]、[ㅆ]、[ㅉ]。若中間有停頓或空格，發的音要連音，不是念硬音。

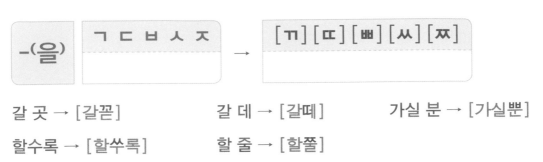

갈 곳 → [갈꼳]　　　갈 데 → [갈떼]　　　가실 분 → [가실뿐]

할수록 → [할쑤록]　　할 줄 → [할쭐]

跟著念

1. 仔細聆聽並跟著念。

(1)

식당	약속	읽지만	깎다	부엌과
	있던	듣고	옆집	잡지

(2)

신고	앉다	감습니다	젊지
	넓고	얇다	핥지

(3)

좋습니다	그렇습니다	어떻습니까	까맣습니다
	않습니다	괜찮습니다	잃습니다

(4)

갈 거예요	올 것 같아요	갈 데가 있어요
	잘 방이 없어요	배울수록 재미있어요
	안 올지도 몰라요	

2. 仔細聆聽下方句子並跟著念。

(1) 팥빙수도 먹고 아이스크림도 먹을 거예요.
[팥삥수] [먹꼬]   [머글꺼예요]

(2) 밥값보다 비싼 커피도 있습니다.
[밥깝뽀다]   [읻씀니다]

(3) 한국 역사에 관심이 많습니다.
    [역싸]   [만씀니다]

(4) 이건 대학교 때 많이 듣던 노래예요.
    [대학꾜]   [듣떤]

(5) 구두는 자주 신지 않습니다.
        [신찌][안씀니다]

(6) 속도를 좀 줄여야겠지요?
[속또]   [겓찌요]

(7) 낮과 밤이 바뀐 생활은 좋지 않습니다.
[낟꽈]   [안씀니다]

(8) 동생 졸업식에 가려고 꽃다발을 샀어요.
        [조럽씩]   [꼳따발]

(9) 아침을 굶고 출근하는 직장인이 많습니다.
        [굼꼬]   [직짱인] [만씀니다]

(10) 갑자기 추워질 줄 몰랐어요.
[갑짜기][추워질쭐]

1. 仔細聆聽，正確的畫○，錯誤的畫×。 (058)

    (1)   같고   (   )

    (2)   맑다가   (   )

    (3)   넓고   (   )

    (4)   빨갛습니다   (   )

    (5)   줍다   (   )

    (6)   핥지   (   )

    (7)   신고   (   )

    (8)   값진   (   )

    (9)   낯선   (   )

    (10)   깎다   (   )

2. 仔細聆聽並選出正確的發音。

(1) 듣지 ⓐ ⓑ

(2) 잡고 ⓐ ⓑ

(3) 굶다 ⓐ ⓑ

(4) 직접 ⓐ ⓑ

(5) 갈게요 ⓐ ⓑ

(6) 햇볕 ⓐ ⓑ

(7) 앉지 ⓐ ⓑ

(8) 갔습니다 ⓐ ⓑ

(9) 옆집 ⓐ ⓑ

(10) 떡국 ⓐ ⓑ

3. 仔細聆聽，圈出發音硬音化的字詞。

요즘 감기에 걸린 사람이 (많습니다) 저도 감기에 걸려서 오늘은 학교에 가지 못했습니다. 갑자기 추워졌는데 매일 아침에 머리를 감고 말리지 않은 채로 학교에 가고 양말도 신지 않아서 감기에 걸린 것 같습니다. 약국에 가서 감기약을 사고 과일도 조금 샀습니다. 감기에는 과일과 차가 좋습니다. 약도 먹고 차도 한 잔 마셨더니 졸려서 낮잠을 잤습니다. 저녁에는 숙제를 하고 텔레비전을 봤습니다. 내일 친구와 농구를 하기로 약속했는데 할 수 있을지 모르겠습니다.

4. 選出最適合填入空白中的句子，並寫下句子的代表字母。

> ⓐ 남이섬에 가서 사진도 **찍고 닭갈비**도 먹었어요.
>
> ⓑ 내일 **읽기** 시험도 **있고 듣기** 시험도 **있거든요.**
>
> ⓒ 약을 **먹었지만** 감기가 **낫지** 않네요.
>
> ⓓ 여기는 다른 **집보다** 방도 많고 **부엌도 넓지요?**

(1) 가: 주말에 뭐 했어요?

　　　나: _____

(2) 가: _____

　　　나: 집에 일찍 가서 쉬는 게 어때요?

(3) 가: _____　　_____

　　　나: 네, 생각보다 좋은데요.

(4) 가: 공부할 게 많은가 봐요.

　　　나: _____

79

5. 用方框內的字句編寫一則故事，如下方範例。

例

친구와 나 朋友與我

많다	먹다
입다	신다
듣다	읽다
있다	없다

　　저와 친구는 다른 점이 **많습니다**. 저는 매운 음식을 아주 잘 **먹지만** 친구는 잘 못 먹습니다. 저는 운동화를 자주 **신고** 구두는 자주 **신지 않습니다**. 친구는 매일 구두를 신고 치마를 자주 **입습니다**. 저는 치마를 자주 **입지 않습니다**. 시간이 있을 때 저는 음악을 듣고 친구는 책을 **읽습니다**. 저는 동생이 2명 **있지만** 친구는 동생이 **없습니다**. 같은 점도 **있습니다**. 저도 오빠가 **있고** 친구도 오빠가 **있습니다**.

친구와 나 朋友與我

많다	먹다	입다	신다	있다	없다

● 在漢字詞中，緊接在終聲ㄹ之後的ㄷ、ㅅ、ㅈ發音為[ㄸ]、[ㅆ]、[ㅉ]。

발달(發達) [발딸]　갈등(葛藤) [갈뜽]　발생(發生) [발쌩]

결석(缺席) [결썩]　발전(發展) [발쩐]　결정(決定) [결쩡]

● 在一些字詞中，ㄱ、ㄷ、ㅂ、ㅅ、ㅈ的發音為[ㄲ]、[ㄸ]、[ㅃ]、[ㅆ]、[ㅉ]，即使該字詞中緊接在這些子音之前的終聲並非[ㄱ]、[ㄷ]或[ㅂ]。

권(券): 여권 [여꿘], 입장권 [입짱꿘]

과(科): 내과 [내꽈], 치과 [치꽈]

격(格): 성격 [성껵]

기(氣): 인기 [인끼]

법(法): 문법 [문뻡], 사용법 [사용뻡]

점(點): 장점 [장쩜], 문제점 [문제쩜]

증(證): 학생증 [학쌩쯩], 면허증 [면허쯩]

밥: 비빔밥 [비빔빱], 아침밥 [아침빱]

집: 술집 [술찝], 빵집 [빵찝]

동안: 2년 동안 [이년똥안], 일주일 동안 [일쭈일똥안]

等一下！

學習每個字的發音非常重要，像是子音如何轉變成硬音化，如 비빔밥[비빔빱]；或是不轉為硬音化，如 볶음밥[보끔밥]，這都取決於緊接在前方出現的字詞。

④ 같이 [가치]

對話 061

저스틴 지금 서점 문 닫았을까?

지원 지난번에 가니까 이 시간에는 닫혀 있었어. 그런데 왜?

저스틴 여행 안내서를 살까 해서. 친구랑 같이 바다를 보러 가고
싶은데 어디가 좋을까?

지원 정동진에 가 봤어? 거기 해돋이로 유명해.

저스틴 그래? 그럼 정동진에 가 봐야겠다.

닫혀(닫히어)[다처]   같이[가치]   해돋이[해도지]

在같이中，終聲ㅌ與이結合時，發音為[치]。

在下列狀況中，終聲ㄷ、ㅌ分別發音為[지]、[치]。

1　當終聲ㄷ與이結合時，發音為[지]；當ㄷ與히結合時，發音為[치]。

맏이 → [마지]　　　해돋이 → [해도지]　　　굳이 → [구지]

닫히다 → [다치다]　　　묻힌 → [무친]　　　굳혀(굳히어) → [구처]

2　當終聲ㅌ與이結合時，發音為[치]。

같이 → [가치]　　　끝이다 → [끄치다]　　　붙여(붙이어) → [부처]

1. 仔細聆聽並跟著念。

   (1)

맏이	굳이	해돋이	미닫이
	여닫이	곧이	
닫히다	묻히다	닫혀	굳히다
	굳힌	돋혀	

   (2)

같이	바깥이	붙이다	붙여
	솥이에요	밭입니다	

2. 仔細聆聽下方句子並跟著念。

   (1) 큰 솥이 필요해요.
        [소치]

   (2) 우표를 여기에 붙였어요.
                    [부처써요]

   (3) 햇볕이 좋아요.
        [핻뼈치]

   (4) 바깥이 어두워요.
        [바까치]

   (5) 머리숱이 적은 편이에요.
        [머리수치]

(6)　전 우리 언니하고 똑같이 생겼어요.
　　　　　　　[똑까치]

(7)　바쁘시면 굳이 안 오셔도 돼요.
　　　　　　　[구지]

(8)　그 묘지에는 군인들이 묻혀 있다.
　　　　　　　[무처]

(9)　지금 엘리베이터에 갇혔어요.
　　　　　　　[가처써요]

(10)　내 말을 곧이곧대로 듣지 않습니다.
　　　　　　　[고지]

練習

1.　仔細聆聽，正確的畫○，錯誤的畫 X。

(1)　솥이　　　（　　　）

(2)　꽃밭이　　（　　　）

(3)　여닫이　　（　　　）

(4)　굳혀　　　（　　　）

(5)　맡은　　　（　　　）

(6)　쏟아　　　（　　　）

(7)　피붙이　　（　　　）

(8)　팥에　　　（　　　）

(9)　받혀　　　（　　　）

(10)　숱이　　　（　　　）

2. 仔細聆聽並選出正確的發音。

(1) 같이   ⓐ   ⓑ

(2) 붙이세요   ⓐ   ⓑ

(3) 끝을   ⓐ   ⓑ

(4) 바깥은   ⓐ   ⓑ

(5) 갇혀   ⓐ   ⓑ

(6) 맏이   ⓐ   ⓑ

(7) 묻히다   ⓐ   ⓑ

(8) 돋은   ⓐ   ⓑ

(9) 굳이   ⓐ   ⓑ

(10) 숱이   ⓐ   ⓑ

3. 選出最適合填入空白中的句子，並寫下句子的代表字母。

> ⓐ 이 신청서에 사진을 **붙이고** 성함과 외국인 등록 번호를 적어 주세요.
>
> ⓑ **머리숱이** 많은 편이니까 너무 걱정하지 마세요.
>
> ⓒ 아기가 누구를 닮았어요?
>
> ⓓ 가게 문이 **닫혀** 있네요.

(1) 가: 어떤 서류가 필요한가요?

　　나: ＿＿＿＿＿＿＿＿＿＿＿＿＿＿

(2) 가: ＿＿＿＿＿＿＿＿＿＿＿＿＿＿

　　나: 엄마랑 똑같이 생겼어요.

(3) 가: 요즘 머리가 많이 빠져서 고민이에요.

　　나: ＿＿＿＿＿＿＿＿＿＿＿＿＿＿

(4) 가: ＿＿＿＿＿＿＿＿＿＿＿＿＿＿

　　나: 일요일은 쉬나 봐요.

4. 用提供的字句描述圖片。

미닫이문	창문	닫히다	같이
맏이	붙이다	옥수수 밭	햇볕

오늘은 맑고 _____ 이/가 강한 날입니다. 대문은 열려 있고

바깥에는 _____ 이/가 보입니다. _____ 은/는

열려 있고 창문은 _____ 아/어 있습니다. 아버지와 둘째는

_____ 청소를 하고 있고 막내는 책을 읽고 있습니다. 그리고

_____ 은/는 벽에 가훈을 _____ 고 있습니다.

⑤ 박물관 [방물관]

  066

지원 저스틴, 심심한데 뭐 재미있는 거 없을까?

저스틴 한국 문화 수업 끝나고 박물관에 갈래?

지원 좋아. 그런데 박물관 가기 전에 밥부터 먹자. 맛집을 찾았어.

저스틴 맛집? 그게 뭐야?

지원 음식이 맛있는 식당을 맛집이라고 불러.

저스틴 넌 새로운 식당 참 잘 찾는다! 그럼 밥 먹으러 가자.

재미있는[재미인는]   한국문화[한궁문화]   끝나고[끈나고]   박물관[방물관]

맛있는[마신는]   찾는다[찬는다]   밥 먹으러[밤머그러]

當박的終聲ㄱ與물中的ㅁ鄰接時,發鼻音[ㅇ],這個音與鼻音ㅁ相似,發音位置與ㄱ相同。

在下列狀況中,終聲[ㄱ]、[ㄷ]、[ㅂ]分別發[ㅇ]、[ㄴ]、[ㅁ]音。

1 當終聲[ㄱ]與ㄴ或ㅁ鄰接時,發鼻音[ㅇ]。

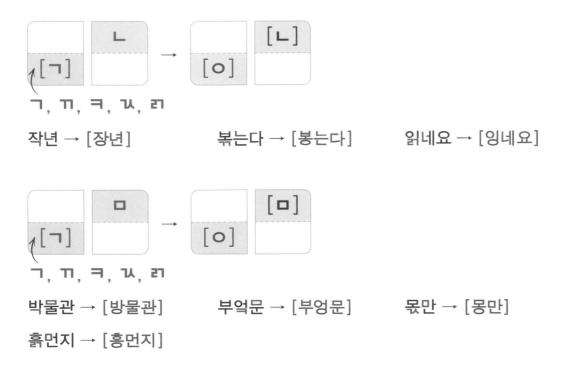

| | ㄴ | | → | | [ㄴ] |

| ↑[ㄱ] | | |

ㄱ, ㄲ, ㅋ, ㄳ, ㄺ

작년 → [장년]   볶는다 → [봉는다]   읽네요 → [잉네요]

| | ㅁ | | → | | [ㅁ] |

| ↑[ㄱ] | | |

ㄱ, ㄲ, ㅋ, ㄳ, ㄺ

박물관 → [방물관]   부엌문 → [부엉문]   몫만 → [몽만]

흙먼지 → [흥먼지]

2 當終聲[ㄷ]與ㄴ或ㅁ鄰接時，發鼻音[ㄴ]。

ㄷ, ㅅ, ㅆ, ㅈ, ㅊ, ㅌ, ㅎ

듣네 → [든네]　　　　젓는 → [전는]　　　　있나요 → [인나요]

벚나무 → [번나무]　　꽃놀이 → [꼰노리]　　끝나고 → [끈나고]

넣는다 → [넌는다]

ㄷ, ㅅ, ㅆ, ㅈ, ㅊ, ㅌ, ㅎ

다섯 명 → [다선명]　　낮말 → [난말]　　　몇 마리 → [면마리]

팥만 → [판만]　　　　히읗만 → [히은만]

3 當終聲[ㅂ]與ㄴ或ㅁ鄰接時，發鼻音[ㅁ]。

ㅂ, ㅍ, ㄼ, ㄿ, ㅄ

십년 → [심년]　　　　덮는 → [덤는]　　　밟는다 → [밤는다]

읊네 → [음네]　　　　없나요 → [엄나요]

ㅂ, ㅍ, ㄼ, ㄿ, ㅄ

아홉 명 → [아홈명]　　앞문 → [암문]

1. 仔細聆聽並跟著念。

(1)

작년	먹는	한국 노래	막내	섞는다
	흙냄새	2학년	밝네요	
박물관	한국말	목마르다	악마	태극 무늬
	국물	숙면	핵무기	

(2)

옛날	듣는	늦나요	못 놀다	끝나요
	좋네	있는	쫓느라고	
꽃무늬	존댓말	뒷문	솥만	
	몇 명	맏며느리	거짓말	

(3)

십년	감사합니다	덥네요	없는	높네요
	소꿉놀이	겁나요	이팝나무	
앞문	십만	옆모습	일곱 마리	값만
	아홉 명	앞머리	업무	

2. 仔細聆聽下方句子並跟著念。

(1) 10년 동안 한국말을 공부했어요.
[심년]　　[한궁말]

(2) 국물이 끝내줘요.
[궁물] [끈내줘요]

(3) 이건 90년대에 유행하던 바지랍니다.
　[구심년대]　　　　　[바지람니다]

(4) 윷놀이를 처음 해 봤는데 재미있네요.
[윤노리]　　　　　[봔는데][재미인네요]

(5) 십만 원을 봉투에 넣는다.
[심만]　　　　　　[넌는다]

(6) 옛날에는 꽃 냄새를 싫어했습니다.
[옌날]　　[꼰냄새]　[시러핻씀니다]

(7) 그 사람이 저한테 입맛 없네요.
　　　　　　　[임맏][엄내요]

(8) 앞문으로 아홉 명이 나갔어요.
[암문]　　　[아홈명이]

(9) 참치 김밥만 못 먹어요.
　[김빰만][몬머거요]

(10) 중국말을 공부하는 2학년 학생입니다.
[중궁말]　　　　　[이항년]　　[임니다]

1. 仔細聆聽，正確的畫 〇，錯誤的畫 X。

(1) 악마　（　　　）　　(2) 국내　（　　　）

(3) 콧물　（　　　）　　(4) 묻는　（　　　）

(5) 앞머리　（　　　）　　(6) 없네요　（　　　）

(7) 섞는다　（　　　）　　(8) 식물원　（　　　）

(9) 읊니　（　　　）　　(10) 쫓나요　（　　　）

2. 仔細聆聽並選出正確的發音。

(1) 십반 원　　ⓐ　　　ⓑ

(2) 맞나요?　　ⓐ　　　ⓑ

(3) 취합니다　　ⓐ　　　ⓑ

(4) 존댓말　　ⓐ　　　ⓑ

(5) 국물　　ⓐ　　　ⓑ

(6) 적는다　　ⓐ　　　ⓑ

(7) 웃네　　ⓐ　　　ⓑ

(8) 몇 마리　　ⓐ　　　ⓑ

(9) 수입 내역　　ⓐ　　　ⓑ

(10) 부엌문　　ⓐ　　　ⓑ

3. 仔細聆聽並選出聽到的字詞。

> **例**
>
> 🎧 ✔ ⓐ 잊는   ⓑ 입는   ⓒ 익는

(1) ⓐ 낫니   ⓑ 낚니   ⓒ 낳니

(2) ⓐ 숲만   ⓑ 숱만   ⓒ 숙만

(3) ⓐ 덮나요?   ⓑ 덧나요?   ⓒ 덕나요?

(4) ⓐ 낱말   ⓑ 낙말   ⓒ 납말

(5) ⓐ 밝는다   ⓑ 밟는다   ⓒ 받는다

(6) ⓐ 꺾네   ⓑ 껍네   ⓒ 껐네

(7) ⓐ 걷난다   ⓑ 걱난다   ⓒ 겁난다

(8) ⓐ 전면   ⓑ 적면   ⓒ 접면

(9) ⓐ 없노   ⓑ 엌노   ⓒ 얻노

(10) ⓐ 옺만   ⓑ 옥만   ⓒ 옵만

4. 選出最適合填入空白中的句子，並寫下句子的代表字母。

> ⓐ 서울에서 관광객들이 즐겨 **찾는** 곳이 어디예요?
>
> ⓑ 네, **옛날**에는 잘 **몰랐는데** 친구가 많이 가르쳐 줬어요.
>
> ⓒ 착하고 **재미있는** 사람이 좋아요.
>
> ⓓ 한국 음식 중에서 **못 먹는** 음식이 있어요?

(1) 가: 어떤 사람을 좋아해요?

　　 나: _____

(2) 가: _____

　　 나: 남산타워나 인사동에 많이 가요.

(3) 가: _____

　　 나: 너무 매운 음식만 아니면.
　　　　 괜찮아요

(4) 가: 한국 노래를 많이 알아요?

　　 나: _____

5. 用方框內的字句編寫一則故事，如下方範例。

例

주말 이야기 週末時光

작년	옛날
박물관	재미있다
-습니다/ㅂ니다	

　저는 미국에서 온 저스틴이라고 합니다. 작년에 한국에 왔는데 지금 한국말을 공부하고 있습니다. 저는 시간이 날 때 박물관에서 옛날 물건들을 구경하는 것을 좋아합니다. 미술관에 가는 것도 좋아합니다. 지난주 토요일에 아르바이트가 끝나고 친구 다섯 명과 시립 미술관에 갔습니다. 재미있는 하루였습니다.

주말 이야기 週末時光

가다	먹다	사다	구경하다
재미있다	맛있다	-습니다/ㅂ니다	

❻ 정류장 [정뉴장]

對話 072

저스틴 우리 내일 어디에서 만날까?

지원 학교 앞 버스 정류장에서 만나자.

저스틴 좋아. 내가 샌드위치 준비해 갈게.

지원 그럼 음료수는 내가 살게.

정류장[정뉴장]   음료수[음뇨수]

當정的終聲ㅇ與류的ㄹ鄰接，ㄹ發鼻音[ㄴ]，ㄹ發音位置與[ㄴ]相同。

下列狀況中，ㄹ發音為[ㄴ]。

1　當ㄹ緊接在終聲ㅁ之後，發音為[ㄴ]。

음료수 → [음뇨수]　　심리학 → [심니학]　　금리 → [금니]

2　當ㄹ緊接在終聲ㅇ之後，發音為[ㄴ]。

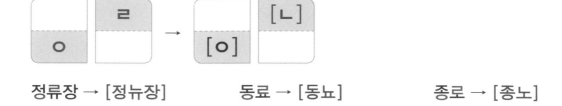

정류장 → [정뉴장]　　동료 → [동뇨]　　종로 → [종노]

1. 仔細聆聽並跟著念。

(1)

| 음력 | 보험료 | 염려 | 고진감래 |
| | 침략 | 감량 | |

(2)

| 종류 | 정리 | 등록 | 양로원 |
| | 입장료 | 강릉 | |

2. 仔細聆聽下方句子並跟著念。

(1) 심리학을 전공하고 싶어요.
[심니학]

(2) 은행 금리가 올랐어요.
[금니]

(3) 김치는 여러 가지 종류가 있어요.
[종뉴]

(4) 외국인 등록증을 보여 주세요.
[등녹쯩]

(5) 설명은 생략하겠습니다.
[생냑]

(6) 성적 때문에 심란해요.
[심난]

(7) 한국 대통령의 이름이 뭐예요?
[대통녕]

(8)　종로에서 만날까요?
　　　[종노]

(9)　추석은 음력 8월 15일입니다.
　　　　　　[음녁]

(10)　대부분의 나라가 양력을 사용합니다.
　　　　　　　[양녁]

練習

1.　仔細聆聽，正確的畫〇，錯誤的畫Ⅹ。

(1)　행렬　　　（　　　）

(2)　종로　　　（　　　）

(3)　장례식　　（　　　）

(4)　심려　　　（　　　）

(5)　풍랑　　　（　　　）

(6)　점령　　　（　　　）

(7)　파충류　　（　　　）

(8)　침례교　　（　　　）

(9)　생략　　　（　　　）

(10)　삼림　　　（　　　）

2. 仔細聆聽並選出正確的發音。 (076)

(1) 경락   ⓐ   ⓑ

(2) 심란   ⓐ   ⓑ

(3) 세종로   ⓐ   ⓑ

(4) 감량   ⓐ   ⓑ

(5) 시청률   ⓐ   ⓑ

(6) 공룡   ⓐ   ⓑ

(7) 중랑구   ⓐ   ⓑ

(8) 심리   ⓐ   ⓑ

(9) 충정로   ⓐ   ⓑ

(10) 음량   ⓐ   ⓑ

3. 選出最適合填入空白中的句子，並寫下句子的代表字母。

> ⓐ 네, 외국인 **등록증** 좀 보여 주세요.
>
> ⓑ **동료들**이 잘 도와줘서 이제 익숙해졌어요.
>
> ⓒ **음력** 8월 15일이라서 매년 바뀌는 거예요.
>
> ⓓ **심리학**을 전공하세요?

(1) 가: 현금 카드를 만들려고 하는데요.

나: _____

(2) 가: 추석이 언제예요?
　　왜 매년 달라요?

나: _____

(3) 가: _____

나: 아니요, 교육학을 전공하고
　　있어요.

(4) 가: 회사 생활은 어때요?

나: _____

4. 如下方範例寫下筆記，然後介紹一個你家鄉的重要節日或慶典。

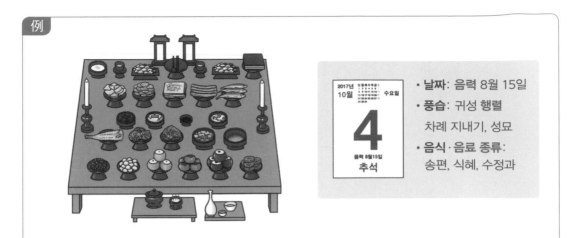

　　한국의 제일 큰 명절 중 하나인 추석은 음력 8월 15일인데 가족들이 모여서 풍요로운 한 해를 감사하며 차례를 지내는 날입니다. 추석에는 고향에 가거나 성묘를 하러 가는 사람들이 많고 이 때 귀성 **행렬** 때문에 고속도로는 주차장처럼 변하기도 합니다. 추석에 먹는 음식은 **종류**가 다양한데 그 중에서 꼭 먹는 음식은 송편입니다. 식혜와 수정과 같은 전통 **음료**도 마십니다.

우리 나라의 명절/축제
我國節日/慶典

- **날짜**: 양력/음력　　　　월　　　　일
- **풍습**:
- **음식·음료 종류**:

❼ 대학로 [대항노]

 對話

저스틴   지원아, 너 어디 살아?

지원   우리 집은 국립 현대 미술관 근처야. 저스틴 너는?

저스틴   왕십리에 살다가 얼마 전에 대학로로 이사 했어.

지원   그럼 낙산 공원이랑 벽화 마을에 가 봤어?

저스틴   응, 가 봤는데 예쁘더라.

국립[궁닙]   왕십리[왕심니]   대학로[대항노]

當ㄹ與학的終聲ㄱ鄰接時，ㄹ發鼻音[ㄴ]。而[ㄴ]會影響它前面的終聲ㄱ，ㄱ的發音變動為[ㅇ]。

在下列狀況中，ㄹ發音為[ㄴ]，而終聲ㄱ和ㅂ分別發[ㅇ]和[ㅁ]音。

1   當ㄹ緊接在終聲ㄱ之後，ㄹ發音為[ㄴ]，而ㄱ受到[ㄴ]的影響發為[ㅇ]。

대학로 → [대항노]　　　　국립 → [궁닙]　　　　곡류 → [공뉴]

2   當ㄹ緊接在終聲ㅂ之後，ㄹ發音為[ㄴ]，而ㅂ受到[ㄴ]的影響發為[ㅁ]。

왕십리 → [왕심니]　　　　취업률 → [취엄뉼]　　　　합리적 → [함니적]

1. 仔細聆聽並跟著念。

(1)

육류	식료품	목록	학력
	착륙	독립	

(2)

입력	답십리	실업률	합류
	컵라면	답례품	

2. 仔細聆聽下方句子並跟著念。

(1) 독립문은 어디에 있어요?
[동님문]

(2) 답십리 근처에 살아요.
[답씸니]

(3) 비밀번호를 입력하십시오.
[임녁]

(4) 국립극장에서 사물놀이를 구경했어요.
[궁닙]

(5) 석류 주스를 좋아하세요?
[성뉴]

(6) 여기에 최종 학력을 써 주십시오.
[항녁]

(7) 곧 착륙하겠습니다.
[창뉵]

(8)　법률 상담을 받으려고 해요.
　　　[범뉼]

(9)　도서 목록을 확인하십시오.
　　　　[몽녹]

(10)　합리적인 방법을 찾아봅시다.
　　　[함니적]

1.　仔細聆聽，正確的畫○，錯誤的畫✕。

　　(1)　격려　　　（　　　）

　　(2)　박력　　　（　　　）

　　(3)　막론하다　（　　　）

　　(4)　합류　　　（　　　）

　　(5)　학력　　　（　　　）

　　(6)　급료　　　（　　　）

　　(7)　국립　　　（　　　）

　　(8)　답례　　　（　　　）

　　(9)　죽림　　　（　　　）

　　(10)　속력　　　（　　　）

2. 仔細聆聽並選出正確的發音。　　081

(1) 수업료　　ⓐ　　ⓑ　　　　(2) 속리산　　ⓐ　　ⓑ

(3) 박람회　　ⓐ　　ⓑ　　　　(4) 실업률　　ⓐ　　ⓑ

(5) 떡라면　　ⓐ　　ⓑ　　　　(6) 적령기　　ⓐ　　ⓑ

(7) 급류　　　ⓐ　　ⓑ　　　　(8) 곡류　　　ⓐ　　ⓑ

(9) 협력　　　ⓐ　　ⓑ　　　　(10) 식료품　　ⓐ　　ⓑ

3. 選出最適合填入空白中的句子，並寫下句子的代表字母。

> ⓐ **식료품** 코너는 어디에 있나요?
>
> ⓑ 유기농 **곡류**와 신선한 **육류**를 추천해요.
>
> ⓒ 네, **격려**해 주셔서 감사합니다.
>
> ⓓ 결혼 **적령기**가 언제라고 생각해요?

(1) 가: 어떤 게 건강에 좋을까요?

나: _____

(2) 가: _____

나: 오른쪽으로 가시면 됩니다.

(3) 가: _____

나: 사람마다 다른 것 같아요. 자기가 결혼하고 싶을 때 아닐까요?

(4) 가: 힘내세요. 누구나 실수할 수 있어요.

나: _____

4. 用方框內的字句編寫一則故事，如下方範例。

例

식료품 목록 食品清單

〈곡류〉
〈라면〉
〈인스턴트 국류〉
〈과일〉
〈육류〉
〈스낵류〉

　저는 요리하는 걸 좋아해서 일주일에 한 번 장을 보러 마트에 갑니다. 마트에서 필요한 식료품을 살 때 기분이 좋습니다. 어제는 육류 코너에 할인 행사가 있어서 고기도 사고 곡류 코너에 가서 현미를 샀습니다. 목록을 만들어 가지고 가서 시간과 돈을 절약할 수 있었습니다.

취업 사이트 가입 방법　註冊求職網站的方法

취업 사이트에 가입하다

이력서를 쓰다　　　학력

경력　　　　　입력하다

❽ 설날 [설랄]

 對話

민호 　 다음 주가 설날인데 뭐 할 거예요?

저스틴 　 글쎄요, 아직 잘 모르겠어요. 민호 씨는요?

민호 　 저는 친구들하고 전주에 갈 거예요.

저스틴 　 전주요? 거긴 어디예요?

민호 　 전라도에 있는 도시인데 비빔밥이 유명하고 한옥마을도 있어요. 같이 갈래요?

저스틴 　 좋아요. 저도 가 보고 싶네요.

설날[설랄] 　　　　　　　 전라도[절라도]

當 설 的終聲 ㄹ 與 날 的 ㄴ 鄰接時，ㄴ 的發音轉為[ㄹ]。

在下列狀況中，ㄴ 發音為 [ㄹ]。

1 當終聲 ㄴ 後緊接著 ㄹ 時，ㄴ 發音為[ㄹ]。

신랑 → [실랑]   진로 → [질로]   인류 → [일류]

관리비 → [괄리비]   편리하다 → [펼리하다]

2 當終聲 ㄹ、ㅀ、ㄾ 後面緊接著 ㄴ 時，ㄴ 發音為[ㄹ]。

실내 → [실래]   칠년 → [칠련]   닳는다 → [달른다]

뚫는다 → [뚤른다]   핥는다 → [할른다]

1. 仔細聆聽並跟著念。

(1)

신랑	난로	난리	신라	진리
	신선로	전라도	만리장성	전래 동화

(2)

칠년	칼날	물냉면	마늘 냄새	결혼할 남자
	닳네요	뚫네요	핥는다	훑는다

2. 仔細聆聽下方句子並跟著念。

(1) 저는 신림동에 살아요.
[실림동]

(2) 한국에 오면 저에게 연락하세요.
[열락]

(3) 우리 아파트는 관리비가 비싸요.
[괄리비]

(4) 요즘 진로 때문에 고민하고 있어요.
[질로]

(5) 경주는 신라의 수도였습니다.
[실라]

(6) 천 리 길도 한 걸음부터라는 속담이 있다.
[철리]

(7) 손에서 마늘 냄새가 나요.
[마늘램새]

(8)　실내에서 담배를 피우지 마세요.
　　　[실래]

(9)　이 기계는 벽에 구멍을 뚫는 데에 쓰입니다.
　　　　　　　　[뚤른]

(10)　강아지가 아이 손을 핥네요.
　　　　　　[할레요]

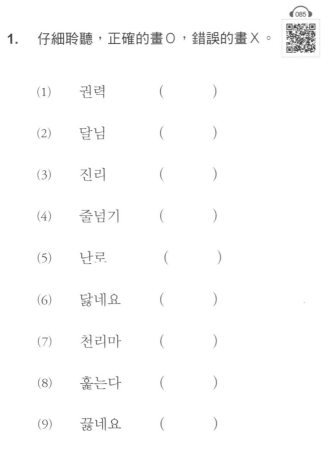

1. 仔細聆聽，正確的畫○，錯誤的畫✕。

(1)　권력　　　（　　　）

(2)　달님　　　（　　　）

(3)　진리　　　（　　　）

(4)　줄넘기　　（　　　）

(5)　난로　　　（　　　）

(6)　닳네요　　（　　　）

(7)　천리마　　（　　　）

(8)　훑는다　　（　　　）

(9)　끓네요　　（　　　）

(10)　가을 날씨　（　　　）

2. 仔細聆聽並選出正確的發音。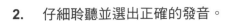

(1) 편리해요 　　ⓐ　　　　ⓑ

(2) 만날 날 　　ⓐ　　　　ⓑ

(3) 한라산 　　ⓐ　　　　ⓑ

(4) 칠년 　　ⓐ　　　　ⓑ

(5) 물놀이 　　ⓐ　　　　ⓑ

(6) 근로자 　　ⓐ　　　　ⓑ

(7) 완료 　　ⓐ　　　　ⓑ

(8) 뚫는 소리 　　ⓐ　　　　ⓑ

(9) 유별난 사람 　　ⓐ　　　　ⓑ

(10) 겨울 노래 　　ⓐ　　　　ⓑ

3. 從所有標有底線的字彙中，勾選出符合流音化規則者，如下方範例。

例

〈달나라 해나라〉라는 책을 읽었어요.
　　✓　　　ⓑ

(1) 인류 역사상 큰 재난이 다가올 거래요.
　　ⓐ　　　　　　　　　　　ⓑ

(2) 북한산 산책로를 따라 가면 길을 잃는 일은 없을 거예요.
　　　　　ⓐ　　　　　　　　ⓑ

(3) 겨울에는 난방 때문에 관리비가 많이 나와요.
　　　　　ⓐ　　　　ⓑ

(4) 박물관 관람 시간은 계절에 따라 다릅니다.
　　ⓐ　ⓑ

(5) 결혼식에서 신랑 신부가 행복하게 웃는 모습을 봤어요.
　　ⓐ　　　ⓑ

112

4. 選出最適合填入空白中的句子，並寫下句子的代表字母。

ⓐ 심한 충격을 받으면 기억을 **잃는** 사람도 있대요.

ⓑ 네. **한류** 스타들을 많이 보고 왔어요.

ⓒ 지난 **설날**에 찍은 사진이에요.

ⓓ 지난번 **물난리**로 집을 잃은 사람들이 많대요.

---

(1) 가: _____

     나: 네. 그래서 요즘 여기저기에서 모금 운동을 하고 있어요.

(2) 가: 언제 찍은 사진이에요?

     나: _____

(3) 가: _____

     나: 얼마나 충격이 크면 기억을 잃을까요?

(4) 가: 주말에 음악 방송 구경하러 갔어요?

     나: _____

5. 用方框內的字句編寫一則故事，如下方範例。

例

쓰레기 분리수거 垃圾資源回收

쓰레기를 분리수거하다

분류하다　　　　　관리실

골치를 앓다　　　　분류표

편리하다

　　우리 아파트는 쓰레기를 분리수거해서 버려야 합니다. 그런데 가끔은 분류하기 어려울 때가 있습니다. 무엇으로 만든 건지 모를 때에는 정말 곤란합니다. 최근에는 분리수거하기 귀찮다고 그냥 버리는 사람들이 많아서 **관리실**에서 골치를 **앓는**다고 합니다. 그때마다 "쓰레기통 근처에 분리수거 **분류표**가 있으면 참 **편리할** 텐데."라는 생각을 하곤 했습니다. 그런데 어제 누군가가 **분류표**를 붙여 놓은 것을 보고 고마움을 느꼈습니다.

설날 新年

설날 놀이　　　실내

윷놀이　　　　설날 음식

세배하다　　　한복을 입다

　　漢字語中，即便情境相同，發音可能會因為音節數量而改變。例如，在권력和생산력中，ㄴ和ㄹ在兩個字中都相鄰接，但發音卻不同。권력是流音且發音為[궐력]，而在생산력中出現鼻音化[생산녁]。通常，若這是一個結尾為ㄴ的單音節單字，且後面緊接著ㄹ，ㄴ發為[ㄹ]；若這是兩個音節或兩個音節以上且結尾為ㄴ的單字，後面緊接著的ㄹ會發音為[ㄴ]。

권력 [궐력]	생산력 [생산녁]
분란 [불란]	의견란 [의견난]
분량 [불량]	생산량 [생산냥]
연료 [열료]	보관료 [보관뇨]
인류 [일류]	라면류 [라면뉴]

等一下！

如果是外來語，如온라인（線上）或원룸（一個房間），可能會分別發音為[온나인]或[올라인]、[원눔]或[월룸]。

⑨ 시청역 [시청녁]

 對話

저스틴　16일에 시청역 앞에서 K-Pop 공연이 있다던데 같이 갈래?

페이　　그날이 무슨 요일이지?

저스틴　토요일이야. 시간 있어?

페이　　음, 일요일에 태국 여행을 가서 그날은 할 일이 좀 많을 것
　　　　같은데.

저스틴　그렇구나. 여행 잘 다녀와.

십육[심뉵]　　　　　　시청역[시청녁]　　　　　　무슨 요일[무슨뇨일]

태국 여행[태궁녀행]　할 일[할릴]

當청的終聲ㅇ後方緊接著
여，添加ㄴ的音，轉為
[녀]。

在下列狀況中會添加ㄴ。

1 當前面字裡的終聲ㄴ、ㅁ、ㅇ與이、야、여、요、유結合時，添加ㄴ的音，發音轉為
[니]、[냐]、[녀]、[뇨]、[뉴]。

| ㄴ | 이, 야, 여, 요, 유 | → | ㄴ | [니], [냐], [녀], [뇨], [뉴] |

| ㅁ | 이, 야, 여, 요, 유 | → | ㅁ | [니], [냐], [녀], [뇨], [뉴] |

| ㅇ | 이, 야, 여, 요, 유 | → | ㅇ | [니], [냐], [녀], [뇨], [뉴] |

무슨 요일 → [무슨뇨일]   강남역 → [강남녁]

두통약 → [두통냑]

117

2   當前面字詞的終聲ㄱ、ㄷ、ㅂ與이、야、여、요、유結合時，添加ㄴ的音，發音轉為
    [니]、[냐]、[녀]、[뇨]、[뉴]。同時，前一個字的終聲被ㄴ影響而鼻音化，將[ㄱ]變
    成[ㅇ]、[ㄷ]變成[ㄴ]、[ㅂ]變成[ㅁ]。

請參考第 88 頁「鼻音化①」

	이야여요유		[ㄱ]	[니] [냐] [녀] [뇨] [뉴]		[ㅇ]	[니] [냐] [녀] [뇨] [뉴]
ㄱ, ㄲ, ㅋ, ㄳ, ㄺ		→			→		

	이야여요유		[ㄷ]	[니] [냐] [녀] [뇨] [뉴]		[ㄴ]	[니] [냐] [녀] [뇨] [뉴]
ㄷ, ㅅ, ㅈ, ㅊ, ㅌ		→			→		

	이야여요유		[ㅂ]	[니] [냐] [녀] [뇨] [뉴]		[ㅁ]	[니] [냐] [녀] [뇨] [뉴]
ㅂ, ㅍ		→			→		

안국역 → [안국녁] → [안궁녁]   깻잎 → [깯닙] → [깬닙]

연습용 → [연습뇽] → [연슴뇽]

3 當前面字詞的終聲ㄹ與이、야、여、요、유鄰接時，添加ㄴ的音，發音轉為[니]、
   [냐]、[녀]、[뇨]、[뉴]。然後，前面字裡的終聲ㄹ再次與ㄴ結合，轉變為流音。終聲
   的發音為[리]、[랴]、[려]、[료]、[류]。

請參考第 108 頁「流音化」

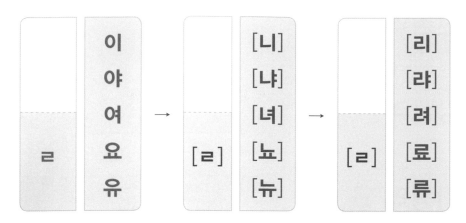

서울역 → [서울녁] → [서울력]　　　할 일 → [할닐] → [할릴]

等一下！

請注意，並非所有符合上述規則
的字詞都要添加ㄴ，如果這個字不
是複合字或衍生字，則流音化，
而非添加ㄴ的音。

例　만일[만닐](×)　　　만일[마닐](○)
　　금요일[금뇨일](×)　금요일[그묘일](○)

意即，實詞＋虛詞時要連音，而
非添加ㄴ的音，如웃에、붙여；複
合詞若第一字子音結束，且第二
字是이、야、여、요、유時，則添
加ㄴ的音。也就是說，當字詞符合
1~3 三項規則其中一項時，必須同
時具備「字詞本身為複合字或衍
生字」此條件，才會添加ㄴ的音，
反之則流音化。

1. 仔細聆聽並跟著念。

(1)

신촌역	웬일	한여름	일본 요리	신혼 여행
	맨입	무슨 일		
강남역	솜이불	담요	밤 열 시	청담역
	밤윷			
시청역	여행용	식용유	비상약	은행잎
	부산행 열차		배낭여행	

(2)

종각역	염색약	색연필	한국 여자	어학연수
	막일	대학 역사		
깻잎	낯익다	꽃잎	바깥일	못 입어요
	못 열다	나뭇잎		
십육	앞일	졸업 여행	면접 연습	구급약
	수업용	숲 옆		

(3)

| 서울역 | 물약 | 볼 일 | 설 연휴 | 발 야구 |
| | 말할 용기 | | | |

2. 仔細聆聽下方句子並跟著念。

(1) 어떤 일 하세요?
　　[어떤닐]

(2) 벌써 한여름 날씨네요.
　　　[한녀름]

(3) 점심 약속이 있어요.
　　[점심냑쏙]

(4) 식용유가 다 떨어졌어요.
　　[시굥뉴]

(5) 두통약을 사러 갔어요.
　　[두통냑]

(6) 우리 회사는 안국역 근처에 있어요.
　　　[안궁녁]

(7) 나뭇잎이 다 떨어졌어요.
　　[나문닙]

(8) 뒷일은 나에게 맡겨.
　　[뒨닐]

(9) 졸업 여행을 갈 거예요.
　　[조럼녀행]

(10) 26층에 살아요.
　　[이심뉵층]

1. 仔細聆聽，正確的畫 O，錯誤的畫 X。

(1) 소독약　　（　　　）　　(2) 옛일　　　　（　　　）

(3) 수학 여행　（　　　）　　(4) 했던 일　　（　　　）

(5) 서울 여자　（　　　）　　(6) 이혼율　　　（　　　）

(7) 쉬운 요구　（　　　）　　(8) 길음역　　　（　　　）

(9) 숲 옆　　　（　　　）　　(10) 한강 유람　（　　　）

2. 仔細聆聽並選出正確的發音。

(1) 부산역　　　　ⓐ　　　　　ⓑ

(2) 그림엽서　　　ⓐ　　　　　ⓑ

(3) 전쟁 영화　　ⓐ　　　　　ⓑ

(4) 백육(106)　　ⓐ　　　　　ⓑ

(5) 헛일　　　　　ⓐ　　　　　ⓑ

(6) 꽃잎　　　　　ⓐ　　　　　ⓑ

(7) 바깥일　　　　ⓐ　　　　　ⓑ

(8) 연습용　　　　ⓐ　　　　　ⓑ

(9) 앞 일　　　　ⓐ　　　　　ⓑ

(10) 휘발유　　　ⓐ　　　　　ⓑ

3. 圈出所有符合ㄴ添加規則者，如下方範例。

옆에	(깻잎)	솥이	(십육)	십이
식용유	지하철이	소독약	꽃잎	옷에
안국역	색연필	꽃밭이	일본 요리	숲 옆
맏이	앞에	바깥일	노는 애	붙여

4. 選出最適合填入空白中的句子，並寫下句子的代表字母。

ⓐ 깻잎에 싸서 먹으면 맛있어요.

ⓑ 한국 요리나 한국 역사에 대해 많이 아세요?

ⓒ 무슨 일을 하세요?

ⓓ 26만 원(이십육만 원)입니다.

(1) 가: 모두 얼마예요?

　　 나: _____

(2) 가: _____

　　 나: 아니요, 잘 몰라요.

(3) 가: _____

　　 나: 식용유 만드는 회사에 다니고 있어요.

(4) 가: 삼겹살은 어떻게 먹는 거예요?

　　 나: _____

5. 從下方提供的地鐵站中，選出你曾去過的地鐵站並編寫一則故事，如下方範例。

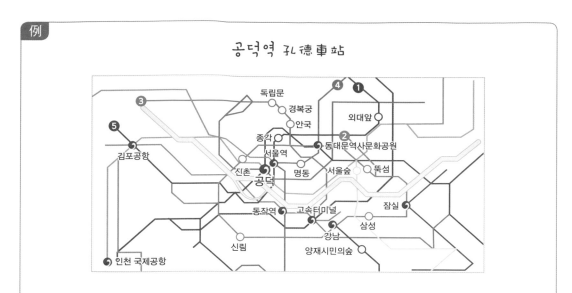

例

공덕역 孔德車站

저는 마포에 사는데 5호선과 6호선 **환승역**인 공덕역을 자주 이용합니다. 공덕역
에서는 김포공항역이나 인천국제공항역, 서울역도 한 번에 갈 수 있어서 편합니다.
공덕역 4번 출구로 나가면 시장이 있는데 맛집이 많이 있습니다. 깻잎전, 꽃잎차 등
제가 좋아하는 잎으로 만든 음식이나 차를 맛볼 수 있습니다.

내가 가 본 역 我去過的地鐵站

안국역	신촌역	잠실역	강남역	서울숲역	명동역	서울역

Part III

韓語閱讀練習

準備朗讀
口語
書面語

準備朗讀

句間停頓以及朗讀速度

句間停頓

아버지가 / 방에 / 들어가신다.

아버지 / 가방에 / 들어가신다.

　　上面兩句話在 ╱ 記號後停頓的地方不同，有完全不一樣的意思。大聲朗讀一句話時，發音正確固然重要，但在正確的地方停頓也同樣重要。如果話者可以一邊思考句子的意思、哪裡應該停頓、哪裡應該連續，句子的意思就能確實傳遞給聽者。

跟書面語句相比，當大聲念出聲時，停頓會造成非常大的差異，因為意思會因為停頓點而有所不同。有時候，有空格的書面語句唸起來會很奇怪；有時候沒有停頓一直念下去，聽起來反而會比較自然，而且較能傳遞正確的意思。除此之外，如果依照書面語句的空格朗讀，會出現不同的發音；沒有停頓地朗讀可能會出現變音現象。因此，如果話者在該停頓或不該停頓的地方犯了錯誤，發音就會變得很奇怪。

　　停頓的次數和位置會因句子的長度、朗讀的速度而有不同。這也會因句子結構和強調的內容而有不同。如前所述，許多因素都會影響一個句子的停頓與否，因此很難設立嚴謹的規則。然而，一般來說，可依照下述的狀況停頓或不停頓。

● **在一個句子的結尾處停頓，或在句子中有逗號的後面停頓。**

> 例　과일, 녹차, 커피, 초콜릿 등을 사용합니다.
> 我們使用水果、綠茶、咖啡、巧克力等。

● **在主語後停頓。當主語前有修飾詞時，修飾詞和主語之間不要有停頓。**

> 例　팥빙수는 / 여름날 더위를 잊게 하는 음식입니다.
> 紅豆刨冰是可以消暑的食物。
>
> 한국을 방문한 외국인들이 / 빙수 전문점을 즐겨 찾고 있습니다.
> 來韓國觀光的外國人喜歡造訪韓式紅豆刨冰店。

● **如果兩個字中間有空格，但連續念可以正確傳達意思時，不要停頓。**

> 例　추운 겨울에도 먹을 수 있습니다.　　　인기가 많아서 그런가 봐요.
> 即便是寒冷的冬天也可食用。　　　　　可能是它非常受歡迎的緣故吧。
>
> 일이 많아서 힘들었을 것 같다.
> 工作很多，感覺很辛苦。

● **如果有助詞被省略，不要有停頓聽起來比較自然。**

> 例　한복 파는 가게가 많아요.　　　　버스 타고 30분 정도 가야 해요.
> 　　　有許多銷售韓服的商店。　　　搭公車大約需要 30 分鐘。

● **當一個句子很長時，可依據語意在連接綴詞後停頓。**

> 例　과거에는 얼음과 팥이 주재료였지만 / 시대의 흐름에 발맞추어 / 다양한 재
> 　　료를 사용한 빙수가 등장해서 / 사람들의 입맛을 사로잡고 있습니다.
> 　　雖然以前冰跟紅豆是主要食材，但因應時代變遷，出現使用各式各樣
> 　　食材的紅豆刨冰抓住人們的胃口。

● **為了避免語意不清，在修飾語和被修飾的字詞之間做停頓或不作停頓，以示
區分。**

> 例

키가 큰 선배의 / 친구가 나에
게 인사했다.
高個子學長的朋友跟我打招呼。

키가 큰 / 선배의 친구가 나에
게 인사했다.
學長的高個子朋友跟我打招呼。

128

朗讀速度

　　　朗讀或說話的速度也是讓聽者專注或有效傳達訊息的重要環節。朗讀書面語句時，速度可能會依據書面文字的長度、類型和難易程度而不盡相同，也會依據話者是否注意到書面文字的內容以及與話者是否有在朗讀前練習有關。在接下來的「朗讀練習」章節中提供的課文音檔，是最能有效傳達資訊的音檔速度，同時指出應該要在多少時間內朗讀完畢。請參考朗讀時間，用適合的速度大聲練習。

口語演講和實際發音的特色

　　　如要自然地講話，接下來的章節「朗讀練習」中，不僅提供課文，也有獨白或兩人對話。口語演講的特色和書面語不同。在許多狀況下都會精簡句子，助詞也會被省略。相較於書面語，句子會更短、更簡化。有一些句子結尾是一個片語或子句；在句子說完後，常常會有額外的描述或更正。

　　　在口語演講中，實際發音其實會視遇到的人而所有不同；並沒有標準的發音。然而，如果韓語學習者有注意到這些發音，他就能清楚地了解韓語對話，並擁有更有好的溝通品質。下方為一些口說韓語會出現的實際發音範例。

● **在助詞或結尾字的ㅗ會發音為ㅜ。**

> 例　친구하고 영화 봤어.　→　친구하구 영화 봤어.
> 我和朋友一起看了電影。
>
> 사람이 너무 많더라고요.　→　사람이 너무 많더라구요.
> 人太多了。

- **結尾的아發音為애。**

  > 例　많이 아픈 거 같아. 빨리 낫기 바라.　→　많이 아픈 거 같애. 빨리 낫기 바래.
  > 你似乎病得很重。希望你早日康復。

- **當同樣的母音重複時，聲音會在發聲時被壓縮。**

  > 例　감기 거의 다 나았어.　→　감기 거의 다 났어.
  > 感冒幾乎都好了。
  >
  > 그 영화 진짜 재미있어.　→　그 영화 진짜 재밌어.
  > 那部電影真的很有趣。

- **在發音-(으)려고的過程中，려之前會添加ㄹ。**

  > 例　친구 만나려고 기다리고 있어.　→　친구 만날려고 기다리고 있어.
  > 我要跟朋友見面，正在等他。

- **終聲相連接時，會轉變為一個不同的發音。**

  (1) 當終聲ㅋ連音時，發音會轉變為[ㄱ]。

  > 例　부엌에서 사과 좀 가져와.　從廚房拿幾顆蘋果來。
  > [부어케서] → [부어게서]

  (2) 終聲ㅍ連音時，發音會轉變為[ㅂ]。

  > 例　무릎이 좀 아파요.　我的膝蓋有點痛。
  > [무르피] → [무르비]

  (3) 終聲ㅈ、ㅊ、ㅌ連音時，發音會轉變為[ㅅ]。

  > 例　여기는 꽃이 많네.　這裡有好多花啊。
  > [꼬치] → [꼬시]

　　為了要達到自然、流利的發音，在接下來的章節「朗讀練習」中，提供如下方的發音音標。

● 當終聲ㄴ、ㄹ、ㅁ、ㅇ後面緊接著ㅎ時，ㅎ音不脫落。但實際上ㅎ的發音會很微弱。在這種狀況下有兩個發音情況，即결혼[결혼/겨론]。

● 當一個終聲ㄷ(ㅅ、ㅆ、ㅈ、ㅊ、ㅌ)發音發成[ㄷ]的時候，後面接的如果是ㅅ，發[ㅆ]音。然而，在[ㅆ]前面的[ㄷ]實際上不發音。或許該說不是不發音，而是[ㄷ]只有語勢，如入聲。在這種情況下可以寫成있습니다[읻씁니다/이씁니다]兩種音標。

● 以-거든요和-(으)ㄹ걸요的情況來看，一般會在요之前添加ㄴ，而非發音為[-거드뇨]或[-(으)ㄹ꺼료]。因此，這些字的發音音標會是가거든요[가거든뇨]和갈걸요[갈껄료]。요在-(으)ㄹ걸요發音為[료]的原因是요添加了ㄴ，同時接著被걸的終聲ㄹ影響，最後變成[-(으)ㄹ걸료]。

語調

　　語調不僅在文法上扮演重要角色，在溝通上也是。例如「집에 가요」這個句子依據語調的不同，可以是意指話者正要回家的陳述句，或一個詢問聽者是否正要回家的疑問句。另外，「영화 볼걸」這個句子依據語調不同，可能是指話者後悔或懊惱沒去看電影，或推測另一個人正在看電影。

由此可知，語調是非常重要的元素，可以傳遞話者的訊息以及背後的動機。首先，讓我們看看下方各種句子的語調。

陳述句

在陳述句中的語調下降。

집 에　가 요．
我要回家了。

疑問句

　　疑問句的語調因形式而有所不同，通常可以區分成兩大類：沒有疑問詞的疑問句、有疑問詞的疑問句。有疑問詞的疑問句又可依據涵意分為 WH 問句和 Yes/No 問句。

● **沒有疑問詞的疑問句**

在沒有疑問詞的疑問句中，語調上揚。

집 에　가 요？
你要回家了？

● **有疑問詞的疑問句**

(1) WH 問句

WH 問句是用於詢問其他人資訊，WH 字詞的語調上揚得比句子結尾還高。

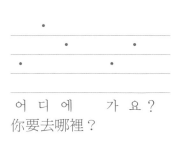

어디에　가요?
你要去哪裡？

(2) Yes/No 問句

Yes/No 問句是用於詢問其他人要或不要做某件事，期待得到「是」或「否」的答案。語調與沒有疑問詞的疑問句相似。

어디에　가요?
你要去其他地方嗎？

建議句

在建議句中，語調跟陳述句一樣往下，但在句子結尾處微微上揚。

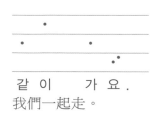

같이　가요.
我們一起走。

命令句

在命令句中，語調像陳述句下降，最後一個音節會簡潔地發音。

집에　　가요.
回家。

當連接詞用在句尾時，即使句子的形式完全一樣，意思可能會因為語調而有不同。

(1) 原因

가	오늘 모임에 못 갈 거 같아.		
나	왜?	A	我覺得我今天無法參與會議。
가	일이 다 안 끝났거든.	B	為什麼？
		A	我工作沒做完。

(2) 背景—當故事繼續時

가	어제 오랜만에 친구 만났거든. 걔가 재미있는 말을 하더라.	A	我昨天遇到一個久沒見面的老友。她說了一些有趣的事情。
나	그래? 무슨 얘기?	B	真的嗎？她說了什麼？

(3) 說服或強調

가　너 또 숙제 안 했지? 나　했거든.	A　你又沒做功課了，對吧？ B　我有。

　　以上所有舉例都是陳述句，但意思皆因語調而有所不同。如 (1) 表示原因時，語調下降；如果是要鋪陳故事，如 (2) 的狀況，或表示說服、強調，如 (3) 的狀況，語調上揚。因此，你必須注意講話語調，並考量當時的狀況。

-는데

(1) 相反

가　매운 음식 잘 먹어요? 나　아니요, 잘 못 먹어요. 가족들은 다 잘 먹는데.	A　你很會吃辣嗎？ B　不，我不會吃辣，但我其他家人都吃。

(2) 出乎意料或驚訝

가　이거 네가 그린 거야? 나　응. 왜? 가　오, 잘 그리는데.	A　這是你畫的？ B　對啊，怎麼了？ A　哇，你畫得很好。

(3) 背景—當故事繼續時

가　어제 명동에 갔는데요. 거기서 드라마 촬영을 하더라고요. 나　그래요? 재미있었겠네요.	A　我昨天去了明洞。有連續劇正在那裡拍攝。 B　真的嗎？一定很有趣。

句子 (1)、(2)、(3) 都是陳述句，但意思會因語調而有所不同。當內容如 (1) 那樣表相反，語調下降。當句子要表示出乎意料或驚訝，如 (2)；或鋪陳故事，如 (3)，則語調上揚。

(1) 猜測

가	민수 집에 전화했는데 전화를 안 받아.	A	我打電話到民秀家，但沒人接電話。
나	그래? 이 시간에 보통 집에 있을 텐데.	B	真的嗎？這時間他通常都在家。

(2) 後悔或失望

가	이번 휴가 때 제주도 같이 갈래?	A	這次休假要一起去濟州島嗎？
나	회사 일이 바빠서 휴가는 못 낼 거 같아.	B	因為公司工作好忙，我不覺得我能請假。
가	그래? 같이 갈 수 있으면 좋을 텐데.	A	真的嗎？如果我們能一起去就好了。

(1) 和 (2) 都是陳述句，但意思因語調而有所不同。如 (1) 這樣表達推測時，語調上揚；如果是要表示後悔或失望，如 (2)，語調下降。

-을걸

(1) 推測

가	민수가 이거 좋아할까?	A	民秀會喜歡這個嗎？
나	좋아할걸.	B	我覺得他會喜歡。

(2) 後悔或失望

가	오늘 단어 시험을 본대.	A	聽說今天會有單字考試。
나	미리 공부 좀 할걸.	B	早知道我應該念點書。

　　(1) 和 (2) 都是陳述句，但意思因語調而有所不同。如 (1) 這樣表達推測時，語調上揚；如果是要表示後悔或失望，如 (2)，語調下降。

❶ 봉사 활동 當志工

1.　聆聽以下內容，注意有畫底線的文字。

회장　　자, 여러분, 3일 동안 봉사 활동 하시느라 고생 많으셨습니다.
　　　　　　[사밀똥안]　　　　　　　　　　　　　　[마느셜씀니다/마느셔씀니다]

　　　　여러분이 도와주신 덕분에 우리 어르신들이 이번 겨울도
　　　　　　　　　　　　　[덕뿌네]

　　　　따뜻하게 지낼 수 있을 거 같네요. 아, 저스틴 씨, 연탄 나
　　　　[따뜨타게]　[지낼쑤이쓸꺼]　 [간네요]

　　　　르는 일은 처음이라 힘들었을 거 같은데 어떠셨어요?

138

저스틴   그전까지는 봉사 활동에 별로 관심이 <u>없었는데요</u>. 음, 이
[업썬는데요]

번에 한국 친구가 <u>같이</u> 하자고 해서 하게 <u>됐는데</u> 와서 해
[가치] [됀는데]

보니까 힘은 들지만 재밌고 보람도 있었어요. 작은 힘이

지만 어르신들에게 도움이 된다고 <u>생각하니</u> <u>뿌듯해요</u>.
[생가카니] [뿌드태요]

<u>첫날에는</u> <u>익숙하지도</u> <u>않고</u> 좀 힘들었는데 <u>마지막 날</u> 되니
[천나레는] [익쑤카지도] [안코] [마지망날]

까 시간이 <u>짧게</u> 느껴지고 아쉬워요. 앞으로 또 기회가 되
[짤께]

면 다른 봉사 활동도 해 보고 싶어요.

2. 練習下方的發音，仔細聆聽並跟著念。

激音化 p.58	따뜻하게 [따뜨타게] 생각하니 [생가카니] 뿌듯해요 [뿌드태요] 익숙하지도 [익쑤카지도] 않고 [안코]
ㅎ音脫落 p.66	많으셨습니다 [마느션씀니다]
硬音化 p.72	3일 동안 [사밀똥안] 많으셨습니다 [마느션씀니다] 덕분에 [덕뿌네] 지낼 수 있을 거 [지낼쑤이쓸꺼] 없었는데요 [업썬는데요] 익숙하지도 [익쑤카지도] 짧게[짤께]
口蓋音化 p.82	같이 [가치]
鼻音化① p.88	많으셨습니다 [마느션씀니다] 같네요 [간네요] 없었는데요 [업썬는데요] 됐는데 [댄는데] 첫날에는 [천나레는] 마지막 날 [마지망날]

3. 跟著音檔念，並留意要在「╱」標記後停頓。

(1)

> **회장** 자, 여러분, 3일 동안 봉사 활동 하시느라 ╱ 고생 많으셨습니다. 여러분
> 이 도와주신 덕분에 ╱ 우리 어르신들이 이번 겨울도 따뜻하게
> **지 낼 수 있을 거 같네요** . 아, 저스틴 씨, 연탄 나르는 일은 처음이라 **힘들**
> **었을 거 같은데** 어떠셨어요?

> - 在口語對話中，你可以使用자提醒聽者注意。
> - 像是在지낼 수 있을 거中的거，거比것更口語。說지낼 수 있을 거 같
>   네요時，要連續沒有停頓，聽起來比較自然；힘들었을 거 같은데中
>   的거也有同樣的狀況。

(2)

> **저스틴** 그전까지는 봉사활동에 별로 관심이 **없었는데요**. **음**, 이번에 한국 친구
> 가 같이 하자고 해서 하게 됐는데 와서 해 보니까 ╱ 힘은 들지만
> **재있고** 보람도 있었어요. 작은 힘이지만 ╱ 어르신들에게 도움이 된다
> 고 생각하니 뿌듯해요.

> - 當一個句子結尾是-(으)ㄴ/는데，如없었는데요，意味著話者還沒講
>   完，所以語調在句尾會上揚。
> - 음會被延長，因為話者說話時正在思考如何更適當地表達。
> - 口語對話中，如果一樣的母音被重複，那個聲音會變短促，재미있고
>   就會被縮短為재있고。

(3)

> **저스틴** 첫날에는 익숙하지도 않고 좀 힘들었는데 ╱ **마지막 날 되니까** 시간이
> 짧게 느껴지고 아쉬워요. 앞으로 또 기회가 되면 ╱ 다른 봉사 활동도
> 해 보고 싶어요.

> - 當一個助詞被省略，如마지막 날 되니까，說這句話時不要有停頓會
>   比較自然。

4. 跟著念下方文句時，注意發音、停頓和速度。

> **회장** 자, 여러분, 3일 동안 봉사 활동 하시느라 고생 많으셨습니다. 여러분이 도와주신 덕분에 우리 어르신들이 이번 겨울도 따뜻하게 지낼 수 있을 거 같네요. 아, 저스틴 씨, 연탄 나르는 일은 처음이라 힘들었을 거 같은데 어떠셨어요?
>
> **저스틴** 그전까지는 봉사 활동에 별로 관심이 없었는데요. 음, 이번에 한국 친구가 같이 하자고 해서 하게 됐는데 와서 해 보니까 힘은 들지만 재밌고 보람도 있었어요. 작은 힘이지만 어르신들에게 도움이 된다고 생각하니 뿌듯해요. 첫날에는 익숙하지도 않고 좀 힘들었는데 마지막 날 되니까 시간이 짧게 느껴지고 아쉬워요. 앞으로 또 기회가 되면 다른 봉사 활동도 해 보고 싶어요.

預估朗讀時間：1 分鐘

⏱ **錄音以了解你花了多少時間朗讀！**

第一次	分	秒
第二次	分	秒
第三次	分	秒

❷ 인터뷰1 취업 준비생
訪談 1 應屆畢業生

1.　聆聽以下內容，注意有畫底線的文字。

진행자　취업 준비생 한 분을 만나 보겠습니다. 요즘 왜 이렇게 취
　　　　　　　　　　　　　　　　　　　　　　　　　　[이러케]

　　　　업이 힘들다고 보십니까?

김해빈　신입을 뽑는 데가 많지 않아요. 진짜 없죠. 기업들은 대부
　　　　　　　　[뽐는]　　　　[만치] [아나요]

　　　　분 경력직을 많이 뽑더라고요. 좋은 일자리는 적으니까
　　　　　[경녁찌글]　　　　　　　　　　　　[일짜리]

그만큼 경쟁률이 높고요. 저는 지금 4학년 1학기인데 서
　　　[경쟁뉴리] [놉꼬요]　　　　　　[사항년]

류는 몇 군데더라…. 한 서른 여섯 군데 정도 넣었나? 근
　　　　　　　　　[서른녀섣꾼데]　　　[너언나]

데 다 떨어졌어요. 아직은 거의 대기업만 지원하고 있어
　　　　　　　　　　　　　[대기엄만]

요. 대기업이 조건이 훨씬 좋고 중소기업이랑 연봉 차이
　　　　　　[조꺼니]　　[조코]

가 많이 나잖아요. 그러니까 처음부터 좋은 일자리를 얻
　　　　　[나자나요]

으려고 해서 취업 준비 기간이 길어지는 거 같아요. 그러

다가 취업 포기하는 사람들도 늘고요. 청년 실업률은 점
　　　　　　　　　　　　　　　　　　[시럼뉴른]

점 더 높아지고 있는데 정말 걱정이에요.

2. 練習下方的發音，仔細聆聽並跟著念。

激音化 **p.58**	이렇게 [이러케] 많지 [만치] 좋고 [조코]
ㅎ音脫落 **p.66**	않아요 [아나요] 넣었나 [너언나] 나잖아요 [나자나요]
硬音化 **p.72**	경력직을 [경녁찌글] 일자리 [일짜리] 서른 여섯 군데 [서른녀섣꾼데] 높고요 [놉꼬요] 조건이 [조꺼니]
鼻音化① **p.88**	뽑는 [뽐는] 4학년 [사항년] 넣었나 [너언나] 대기업만 [대기엄만]
鼻音化② **p.96**	경력직을 [경녁찌글] 경쟁률이 [경쟁뉴리]
鼻音化③ **p.102**	실업률은 [시럼뉴른]
ㄴ添加 **p.116**	서른 여섯 군데 [서른녀섣꾼데]

3. 跟著音檔念，並留意要在「 / 」標記後停頓。

(1)

진행자　취업 준비생 한 분을 만나 보겠습니다. 요즘 왜 이렇게 취업이 힘들다고 보십니까?

김해빈　신입을 뽑는 데가 많지 않아요. 진짜 없죠. 기업들은 대부분 경력직을 많이 **뽑더라고요**. 좋은 일자리는 적으니까 / 그만큼 경쟁률이 높고요.

- 在口語，有時候고요發音為-구요，例如뽑더라고요。

(2)

김해빈　저는 지금 4학년 1학기인데 / 서류는 **몇 군데더라**…. 한 서른여섯 군데 정도 넣었나? **근데** 다 떨어졌어요.

- 몇 군데더라的語調微微上揚。
- 口語中，그런데常常被縮短為근데。

(3)

김해빈　아직은 거의 대기업만 지원하고 있어요. 대기업이 조건이 훨씬 좋고 / 중소기업이랑 연봉 차이가 많이 나잖아요. 그러니까 처음부터 좋은 일자리를 **얻으려고** 해서 / 취업 준비 기간이 **길어지는 거 같아요**. 그러다가 취업 포기하는 사람들도 늘고요. 청년 실업률은 점점 더 높아지고 있는데 / 정말 걱정이에요.

- 얻으려고有時候發音為얻을려고，在口語添加ㄹ的音。
- 길어지는 것 같아요中的같아요在口語有時發音為같애요，在說길어지는 거 같애요時不要停頓比較自然。

4. 跟著念下方文句時，注意發音、停頓和速度。

진행자　취업 준비생 한 분을 만나 보겠습니다. 요즘 왜 이렇게 취업이 힘들다고 보십니까?

김해빈　신입을 뽑는 데가 많지 않아요. 진짜 없죠. 기업들은 대부분 경력직을 많이 뽑더라고요. 좋은 일자리는 적으니까 그만큼 경쟁률이 높고요. 저는 지금 4학년 1학기인데 서류는 몇 군데더라….한 서른 여섯 군데 정도 넣었나? 근데 다 떨어졌어요. 아직은 거의 대기업만 지원하고 있어요. 대기업이 조건이 훨씬 좋고 중소기업이랑 연봉 차이가 많이 나잖아요. 그러니까 처음부터 좋은 일자리 얻으려고 해서 취업 준비 기간이 길어지는 거 같아요. 그러다가 취업 포기하는 사람들도 늘고요. 청년 실업률은 점점 더 높아지고 있는데 정말 걱정이에요.

預估朗讀時間：1 分鐘

⏱ **錄音以了解你花了多少時間朗讀！**

第一次	分	秒
第二次	分	秒
第三次	分	秒

❸ 영화 '괴물' 電影《駭人怪物》

1. 聆聽以下內容，注意有畫底線的文字。

민호　　와! 날씨 좋다. 한강에 오니까 영화 '괴물'이 생각나네요.
　　　　　　[조타]

　　　　거기에 한강 나오거든요.

페이　　어떤 영화인데요?
　　　　[어떤녕화/어떤녕와]

민호　　2005년인가 6년인가 예전 영화인데요. 이렇게 사람들이
　　　　　　　　　　　[융녀닌가]　　　　　　　　　　[이러케]

쉬고 있는데 저쪽 다리에서 큰 괴물이 하나 올라와요. 그
[인는데]

래서 다들 놀라서 도망가고 괴물한테 밟히고 난리가 나
[발피고] [날리]

요. 주인공 가족도 놀라서 막 도망가는데 그러다가 딸이

괴물한테 잡혀 가요. 그래서 가족들이 그 애 찾으러 다니
[자펴가요]

고 괴물 죽이고 뭐 그런 이야기예요.

페이   와! 재밌겠다. 그럼 저쪽에서 괴물이 나오는 거예요?

민호   네, 예전에 감독이 인터뷰한 걸 봤는데 중학교 때 버스 타
                               [봔는데] [중학꾜]

고 한강을 지나다가 괴물 같은 걸 봤대요. 그래서 나중에
                               [봗때요]

영화감독이 되면 영화로 만들어야겠다고 생각했대요. 얘
                               [생가캗때요]

기하다 보니까 다시 보고 싶네요.
                 [보고심네요]

2. 練習下方的發音，仔細聆聽並跟著念。

激音化 p.58	이렇게 [이러케] 밟히고 [발피고] 잡혀 가요 [자펴가요] 생각했대요 [생가캗때요]
硬音化 p.72	중학교 [중학꾜] 봤대요 [봗때요] 생각했대요 [생가캗때요]
鼻音化① p.88	육년인가 [융녀닌가] 있는데 [인는데] 봤는데 [반는데] 보고 싶네요 [보고심네요]
鼻音化② p.96	난리 [날리]
ㄴ添加 p.116	어떤 영화 [어떤녕화]

3. 跟著音檔念，並留意要在「 / 」標記後停頓。

(1)

> 민호　　와! 날씨 **좋다**. 한강에 오니까 영화 '괴물'이 생각나네요. 거기에 한강
> **나오거든요**.

- 如果說話時充滿敬佩，如좋다，語調在句子結尾微微上揚。
- 當-거든表示原因時，如나오거든요，語調在句子結尾微微下降。
- 나오거든요一般發音為[나오거든뇨]，在요之前添加ㄴ的聲音，而非發音為[나오거드뇨]。

(2)

페이   어떤 영화인데요?

민호   **2005년인가** 6년인가 예전 영화인데요. 이렇게 사람들이 쉬고 있는데
      / 저쪽 다리에서 큰 괴물이 하나 올라와요. 그래서 다들 놀라서 도망가
      고 / 괴물한테 밟히고 / 난리가 나요. 주인공 가족도 놀라서 막 도망가
      는데 / 그러다가 딸이 괴물한테 잡혀 가요. 그래서 가족들이 그 애 찾
      으러 다니고 / 괴물 죽이고 / **뭐 그런 이야기예요**.

- 說2005년인가時，語調在句尾微微上揚。
- 說뭐 그런 이야기예요時，稍微延長뭐的發音，而且그런 이야기예요
  這句話要一句到底，不要停頓，這樣聽起來會比較自然。

(3)

페이   와! **재밌겠다**. 그럼 저쪽에서 괴물이 나오는 거예요?

- 當一個子音重複出現在口語中時，句子有可能變短，像재미있겠다就
  縮短成재밌겠다。當說話表達出羨慕、欽佩之意時，如재밌겠다，語
  調在結尾微微上揚。

(4)

민호   네, 예전에 감독이 **인터뷰한 걸** 봤는데 / 중학교 때 **버스 타고** 한강을
      지나다가 / **괴물 같은 걸** 봤대요. 그래서 나중에 영화감독이 되면 / 영
      화로 만들어야겠다고 생각했대요. 얘기하다 보니까 다시 보고 싶네요.

- 것을常常會在口語中變成短促的걸，像是인터뷰한 걸和괴물 같은 걸
  中的걸。在說인터뷰한 걸和괴물 같은 걸時，不要停頓會比較自然。
- 當助詞被省略，例如버스 타고，說的時候不要停頓，聽起來比較自
  然。

4. 跟著念下方文句時，注意發音、停頓和速度。

민호　와! 날씨 좋다. 한강에 오니까 영화 '괴물'이 생각나네요. 거기에 한강 나오거든요.

페이　어떤 영화인데요?

민호　2005년인가 6년인가 예전 영화인데요. 이렇게 사람들이 쉬고 있는데 저쪽 다리에서 큰 괴물이 하나 올라와요. 그래서 다들 놀라서 도망가고 괴물한테 밟히고 난리가 나요. 주인공 가족도 놀라서 막 도망가는데 그러다가 딸이 괴물한테 잡혀 가요. 그래서 가족들이 그 애 찾으러 다니고 괴물 죽이고 뭐 그런 이야기예요.

페이　와! 재밌겠다. 그럼 저쪽에서 괴물이 나오는 거예요?

민호　네, 예전에 감독이 인터뷰한 걸 봤는데 중학교 때 버스 타고 한강을 지나다가 괴물 같은 걸 봤대요. 그래서 나중에 영화감독이 되면 영화로 만들어야겠다고 생각했대요. 얘기하다 보니까 다시 보고 싶네요.

預估朗讀時間：1 分鐘 15 秒

⏱ 錄音以了解你花了多少時間朗讀！

第一次	分	秒
第二次	分	秒
第三次	分	秒

④ 남이섬 南怡島

1. 聆聽以下內容，注意有畫底線的文字。

페이　남이섬 갔다 왔다면서요? 저도 가 보고 싶은데 어땠어요?

지원　너무 좋았어요. 경치도 좋고 서울에서 2시간도 안 걸리고
　　　　[조아써요]　　　　[조코]

　　　입장료도 배 타는 것까지 해서 만 원 정도였어요.
　　　[입짱뇨]

페이　생각보다 가깝네요. 근데 평일에도 거긴 사람 많죠?
　　　[생각뽀다] [가깜네요]　　　　　　　　　　　[만쵸]

지원   네, 우리 갔을 때도 많았어요. 외국 사람이 되게 <u>많던데요</u>.
                                                            [만턴데요]

중국이나 동남아 쪽에서 온 <u>관광객들</u>. 요즘에 한국 드라마
                                        [관광객뜰]

가 인기 많아서 그런가 봐요. 예전에는 겨울 연가 때문에 남

이섬이 <u>유명했는데</u> 그것도 <u>십 년이</u> 넘었으니까 이제 그 드
        [유명핸는데]   [심녀니]

라마 모르고 오는 사람도 <u>있을걸요</u>. 그래도 주인공들 사진
                          [이쓸껄료]

이나 첫 키스한 장소는 지금도 있어요. 그리고 예쁜 데가 많

아서 사진 계속 찍었는데 그… 영화나 드라마에 <u>많이</u> 나오
                                            [마니]

는 길 <u>있잖아요</u>. 양쪽에 나무가 쫙 <u>있는</u> 길. 거기서 멋있는
      [읻짜나요]   [인는]

사진 많이 찍었어요. <u>같이</u> 간 친구가 사진을 잘 <u>찍거든요</u>.
                    [가치]   [찍꺼든뇨]

2. 練習下方的發音，仔細聆聽並跟著念。

激音化 p.58	많죠[만쵸] 많던데요[만턴데요]
ㅎ音脫落 p.66	좋았어요 [조아써요] 많았어요 [마나써요] 많아서 [마나서] 있잖아요 [읻짜나요] 많이 [마니]
硬音化 p.72	입장료[입짱뇨] 생각보다[생각뽀다] 관광객들[관광객뜰] 있을걸요[이쓸껄료] 찍거든요[찍꺼든뇨]
口蓋音化 p.82	같이 [가치]
鼻音化① p.88	가깝네요 [가깜네요] 유명했는데 [유명핸는데] 십 년이 [심녀니] 있는 [인는]
鼻音化② p.96	입장료 [입짱뇨]

3. 跟著音檔念，並留意要在「 / 」標記後停頓。

(1)

페이　남이섬 갔다 왔다면서요? 저도 **가 보고 싶은데** 어땠어요?

지원　너무 좋았어요. 경치도 좋고 / 서울에서 2시간도 안 걸리고 / 입장료
도 **배 타는 것까지 해서** 만 원 정도였어요.

- 在說가 보고 싶은데時不可以有停頓，以正確傳遞意思。
- 當一個助詞被省略，如배 타는 것까지 해서，說話時不要停頓聽起來
比較自然。

(2)

페이　생각보다 가깝네요. 근데 평일에도 **거긴** 사람 많죠?

- 거기는通常在口語被縮短為거긴。

(3)

지원　네, **우리 갔을 때도** 많았이요. 외국 사람이 되게 많던데요. **중국이나
동남아 쪽에서 온 관광객들**. 요즘에 한국 드라마가 **인기 많아서 그런가
봐요**.

- 當一個助詞被省略，如우리 갔을 때도和인기 많아서，說話時不要停
頓，聽起來比較自然。
- 在口語中，對於先前所說的內容額外描述時，可能會像是중국이나
동남아 쪽에서 온 관광객들這句話。
- 在說그런가 봐요時不可以停頓，以正確傳遞意思。

(4)

지원 예전에는 / 겨울연가 때문에 남이섬이 유명했는데 / 그것도 십 년이 넘었으니까 / 이제 그 드라마 모르고 오는 사람도 **있을걸요**. 그래도 주인공들 사진이나 첫 키스한 장소는 / 지금도 있어요.

- 當-을걸表示推測，如있을걸요，語調微微上揚。
- 一般來說，在있을걸요中，요之前添加ㄴ的聲音，而非發音為[이쓸꺼료]。添加的ㄴ因為被걸的終聲ㄹ影響，轉變為ㄹ，使發音變成[이쓸껄료]。

(5)

지원 그리고 예쁜 데가 많아서 사진 계속 찍었는데 **그…** 영화나 드라마에 많이 나오는 길 있잖아요. / 양쪽에 나무가 쫙 있는 길. / 거기서 멋있는 사진 많이 찍었어요. / **같이 간 친구가** 사진을 **잘 찍거든요** .

- 그…是話者正在組織自己的思緒時使用的填充字，所以會被延長。
- 說같이 간 친구가和잘 찍거든요時不要停頓，聽起來會比較自然。

4. 跟著念下方文句時，注意發音、停頓和速度。

페이　남이섬 갔다 왔다면서요? 저도 가 보고 싶은데 어땠어요?

지원　너무 좋았어요. 경치도 좋고 서울에서 2시간도 안 걸리고 입장료도 배 타는 것까지 해서 만 원 정도였어요.

페이　생각보다 가깝네요. 근데 평일에도 거긴 사람 많죠?

지원　네, 우리 갔을 때도 많았어요. 외국 사람이 되게 많던데요. 중국이나 동 남아 쪽에서 온 관광객들. 요즘에 한국 드라마가 인기 많아서 그런가 봐 요. 예전에는 겨울 연가 때문에 남이섬이 유명했는데 그것도 십 년이 넘 었으니까 이제 그 드라마 모르고 오는 사람도 있을걸요. 그래도 주인공 들 사진이나 첫 키스한 장소는 지금도 있어요. 그리고 예쁜 데가 많아서 사진 계속 찍었는데 그… 영화나 드라마에 많이 나오는 길 있잖아요. 양 쪽에 나무가 쫙 있는 길. 거기서 멋있는 사진 많이 찍었어요. 같이 간 친 구가 사진을 잘 찍거든요.

預估朗讀時間：1 分鐘 16 秒

錄音以了解你花了多少時間朗讀！

第一次	分	秒
第二次	分	秒
第三次	分	秒

❺ 스트레칭 伸展

1. 聆聽以下內容，注意有畫底線的文字。

안녕하세요? 오늘도 저와 함께 간단한 스트레칭을 배워 보겠
　　　　　　　　　　　　[간단한/간다난]　　　　[보겓씀니다/보게씀니다]

습니다. 하루 종일 책상 앞에 한 자세로 앉아 있다 보면 온몸의 근
　　　　　　　　[책쌍]　　　　　　　　　　　[읻따]　　　[온모메]

육이　뻣뻣해지는 걸 느끼실 텐데요. 오랫동안 같은 자세로 있게
　　　[뻗뻐태지는]　　　　　　　　　　　[오랟똥안]　　　　　　[읻께]

되면 관절과 근육에 무리가 오고 또 어깨나 허리 통증으로 이어지
　　　　　　　　　　　　　　　　　　　　　　　　[통쯩]

기　쉽습니다. 그래서 이번 시간에는 의자에 앉아서 쉽게 할 수 있는
　　[쉽씀니다]　　　　　　　　　　　　　　　　　[쉽께] [할쑤인는]

목과 어깨 스트레칭 방법에 대해 알아보겠습니다.
[목꽈]

　　먼저 딱딱해진 목 근육을 풀어 보는 동작인데요. 의자에 앉은
　　　　　[딱따캐진]

상태에서 왼손으로 의자를 잡으세요. 오른손은 머리 위로 넘겨서

머리를 잡으세요. 이 자세에서 오른손으로 머리를 잡아당기며 10

초간 목 근육을 늘려 줍니다. 왼쪽 어깨가 따라 올라가지 않게 주
　　　　　　　　　　　　　　　　　　　　　　　　　　　　[안케]

의해 주세요. 자, 방향을 바꿔서 오른쪽도 10초씩 세 번 반복하세요.
　　　　　　[방향/방양]　　　　　　　　　　　　　　[반보카세요]

　　다음 동작은 목 앞 근육을 풀어 주는 동작입니다. 손을 깍지 껴

서 목 뒤에 대 주시고요. 목에 힘을 빼고 천천히 뒤로 머리를 젖히
　　　　　　　　　　　　　　　　[천천히/천처니]　　　　[저치세요]

세요. 이때 깍지 낀 손은 움직이지 않도록 합니다. 이 동작을 10

초씩 세 번 정도 반복해 줍니다.

2. 練習下方的發音，仔細聆聽並跟著念。

激音化 p.58	뻣뻣해지는 [뻗뻐태지는] 딱딱해진 [딱따캐진] 않게 [안케] 반복하세요 [반보카세요] 젖히세요 [저치세요]
硬音化 p.72	보겠습니다 [보겓씀니다] 책상 [책쌍] 있다 [읻따] 오랫동안 [오랟똥안] 있게 [읻께] 통증 [통쯩] 쉽습니다 [쉽씀니다] 쉽게 [쉽께] 할 수 있는 [할쑤인는] 목과 [목꽈]
鼻音化① p.88	보겠습니다 [보겓씀니다] 쉽습니다 [쉽씀니다] 할 수 있는 [할쑤인는]

3. 跟著音檔念，並留意要在「／」標記後停頓。

(1)

안녕하세요? 오늘도 저와 함께 ／ 간단한 스트레칭을 배워 보겠습니다. 하루 종일 책상 앞에 한 자세로 앉아 있다 보면 ／ 온몸의 근육이 **뻣뻣해지는 걸 느끼실 텐데요**. 오랫동안 같은 자세로 있게 되면 ／ 관절과 근육에 무리가 오고 ／ 또 어깨나 허리 통증으로 이어지기 쉽습니다.

- 것을在口語中常常被縮短，如뻣뻣해지는 걸中的걸。在講뻣뻣해지는 걸時，中間沒有停頓聽起來比較自然。
- 如同느끼실 텐데요，當-(으)ㄹ 텐데意味著推測時，語調微微上揚。

(2)

그래서 이번 시간에는 ／ **의자에 앉아서 쉽게 할 수 있는** ／ **목과 어깨 스트레칭 방법**에 대해 알아 보겠습니다.

- 의자에 앉아서 쉽게 할 수 있는修飾後面接續的목과 어깨 스트레칭 방법。在講의자에 앉아서 쉽게 할 수 있는和목과 어깨 스트레칭 방법時不要停頓，表達的意思會比較正確。

(3)

먼저 ／ 딱딱해진 목 근육을 풀어 보는 **동작인데요**. 의자에 앉은 상태에서 ／ 왼손으로 의자를 잡으세요.

- 當一個句子的結尾是-으(ㄴ)/는데，如동작인데요，意味著話者還沒說完，所以語調在句尾要微微上揚。

(4)

오른손은 / 머리 위로 넘겨서 머리를 잡으세요. 이 자세에서 / 오른손으로 머리를 잡아당기며 / 10초간 목 근육을 늘려 줍니다. 왼쪽 어깨가 / 따라 올라가지 않게 주의해 주세요. **자**, 방향을 바꿔서 / 오른쪽도 10초씩 세 번 반복하세요.

- 在口語中，你可以用자去吸引聽眾的注意力，並鼓勵行動。

(5)

다음 동작은 / 목 앞 근육을 풀어주는 동작입니다. 손을 깍지 껴서 목 뒤에 대 **주시고요**. / 목에 힘을 빼고 천천히 뒤로 머리를 젖히세요. 이때 깍지 낀 손은 / 움직이지 않도록 합니다. 이 동작을 / 10초씩 세 번 정도 반복해 줍니다.

- 在一個句子裡，요加到一個連接詞尾的後面，如주시고요，或者是加到一個句子的最後面。

4. 跟著念下方文句時，請注意發音、停頓和速度。

안녕하세요? 오늘도 저와 함께 간단한 스트레칭을 배워 보겠습니다. 하루 종일 책상 앞에 한 자세로 앉아 있다 보면 온몸의 근육이 뻣뻣해지는 걸 느끼실 텐데요. 오랫동안 같은 자세로 있게 되면 관절과 근육에 무리가 오고 또 어깨나 허리 통증으로 이어지기 쉽습니다. 그래서 이번 시간에는 의자에 앉아서 쉽게 할 수 있는 목과 어깨 스트레칭 방법에 대해 알아보겠습니다.

먼저 딱딱해진 목 근육을 풀어 보는 동작인데요. 의자에 앉은 상태에서 왼손으로 의자를 잡으세요. 오른손은 머리 위로 넘겨서 머리를 잡으세요. 이 자세에서 오른손으로 머리를 잡아당기며 10초간 목 근육을 늘려 줍니다. 왼쪽 어깨가 따라 올라가지 않게 주의해 주세요. 자, 방향을 바꿔서 오른쪽도 10초씩 세 번 반복하세요.

다음 동작은 목 앞 근육을 풀어 주는 동작입니다. 손을 깍지 껴서 목 뒤에 대 주시고요. 목에 힘을 빼고 천천히 뒤로 머리를 젖히세요. 이때 깍지 낀 손은 움직이지 않도록 합니다. 이 동작을 10초씩 세 번 정도 반복해 줍니다.

預估朗讀時間：1 分鐘 34 秒

⏱ **錄音以了解你花了多少時間朗讀！**

第一次	分	秒
第二次	分	秒
第三次	分	秒

⑥ 인터뷰2 영화 감독
訪談 2 電影導演

1. 聆聽以下內容，注意有畫底線的文字。

리포터 요즘 화제가 되고 있는 영화 '선택' 여러분도 <u>보셨나요</u>?
[보션나요]

관객 수가 벌써 <u>5백 만</u> 명이 넘었다고 하죠? <u>7년</u> 만에 새
[오뱅만]   [칠련]

영화로 팬들을 찾아온 박주영 감독을 만나보도록 하겠습

니다. <u>감독님</u> 안녕하세요? 영화 정말 <u>재미있던데요</u>.
[감동님]   [재미읻떤데요]

감독　　　　네, 감사합니다. 좋게 봐 주셔서.
　　　　　　　　　[조케]

리포터　　　야구를 주제로 한 영화가 많이 나와 있는데 이 영화를 통

　　　　　　해 어떤 메시지를 주려고 하셨는지 소개 좀 해 주시죠.
　　　　　　　　　　　　　　　　　　[하션는지]

감독　　　　야구와 인생이 닮았다고들 하잖아요. 끝이라고 생각해도
　　　　　　　　　　　　[달맏따고들]　[하자나요]　[끄치라고] [생가캐도]

　　　　　　끝난 게 아니고 끝까지 가 봐야 알 수 있고요. 또 혼자 힘
　　　　　　[끈난]

　　　　　　으로는 안 되는 게 야구고 인생인데요. 그 중에서도 뭐랄

　　　　　　까. 다른 사람들을 빛내기 위해서 뒤에서 조용히 돕는 사
　　　　　　　　　　　　　　[빈내기]　　　　　　　　　　　　　[돔는]

　　　　　　람들 얘길 하고 싶었어요. 그런 사람들이 없으면 절대로

　　　　　　팀이 승리할 수 없잖아요. 바로 이런 선수들의 이야기라
　　　　　　　　　[승니]

　　　　　　고 보시면 돼요. 야구 팬으로서 한국 야구를 응원하는 마
　　　　　　　　　　　　　　　　　　　　[한궁냐구]

　　　　　　음도 담았고요.

2. 練習下方的發音，仔細聆聽並跟著念。

激音化 p.58	좋게 [조케] 생각해도 [생가캐도]
ㅎ音脫落 p.66	하잖아요 [하자나요]
硬音化 p.72	재미있던데요 [재미읻떤데요] 닮았다고들 [달맏따고들]
口蓋音化 p.82	끝이라고 [끄치라고]
鼻音化① p.88	보셨나요? [보션나요] 5백 만 [오뱅만] 감독님 [감동님] 하셨는지 [하션는지] 끝난 [끈난] 빛내기 [빈내기] 돕는 [돔는]
鼻音化② p.96	승리 [승니]
流音化 p.108	7년 [칠련]
ㄴ添加 p.116	한국 야구 [한궁냐구]

3. 跟著音檔念，並留意要在「／」標記後停頓。

(1)

> **리포터** 요즘 화제가 되고 있는 영화 '선택' ／ 여러분도 보셨나요? 관객 수가 벌써 5백 만 명이 넘었다고 **하죠**?
>
> • 口語中，「-지요」可能縮簡為「죠」，例如「하죠」。若句尾語調如問句那樣上揚，聽起來會不自然。語調只要微微地上揚。

(2)

리포터 7년 만에 새 영화로 팬들을 찾아온 / 박주영 감독님을 만나 보도록 하겠습니다. 감독님 안녕하세요? 영화 정말 **재미있던데요**.

- 當一個句子以-던데結尾，如재미있던데요，意味著話者還沒說完話，因此語調在句尾微微上揚。

(3)

감독 네, 감사합니다. 좋게 봐 주셔서.

리포터 야구를 주제로 한 영화가 많이 나와 있는데 / 이 영화를 통해 어떤 메시지를 주려고 하셨는지 / 소개 좀 해 주시지요.

- 在連接詞있는데和하셨는지之後停頓一下，聽起來會比較自然。

(4)

감독 야구와 인생이 닮았다고들 하잖아요. 끝이라고 생각해도 끝난 게 아니고 / 끝까지 가 봐야 알 수 **있고요**. 또 혼자 힘으로는 안 되는 게 야구고 **인생인데요**.

- -요在一個句子裡加在一個連接詞尾的後面，如同있고요，或者是口語上會加到一個句子的最後面。
- 當一個句子結尾是-(으)ㄴ/는데，如인생인데요，意味著話者還沒說完話，因此語調在語尾微微上揚。

(5)

감독 그 중에서도 **뭐랄까**. / 다른 사람들을 빛내기 위해서 / 뒤에서 조용히 돕는 사람들 얘길 / 하고 싶었어요. 그런 사람들이 없으면 / 절대로 팀이 승리할 수 없잖아요. 바로 이런 선수들의 이야기라고 보시면 돼요. 야구 팬으로서 / 한국 야구를 응원하는 마음도 담았고요.

- 當話者在思考要說什麼時會用뭐랄까。在這個字詞之後停頓一下，聽起來會比較自然。

4. 跟著念下方文句時，注意發音、停頓和速度。

리포터　요즘 화제가 되고 있는 영화 '선택' 여러분도 보셨나요? 관객 수가 벌써 5백 만 명이 넘었다고 하죠? 7년 만에 새 영화로 팬들을 찾아온 박주영 감독을 만나 보도록 하겠습니다. 감독님 안녕하세요? 영화 정말 재미있던데요.

감독　네, 감사합니다. 좋게 봐 주셔서.

리포터　야구를 주제로 한 영화가 많이 나와 있는데 이 영화를 통해 어떤 메시지를 주려고 하셨는지 소개 좀 해 주시죠.

감독　야구와 인생이 닮았다고들 하잖아요. 끝이라고 생각해도 끝난 게 아니고 끝까지 가 봐야 알 수 있고요. 또 혼자 힘으로는 안 되는 게 야구고 인생인데요. 그 중에서도 뭐랄까. 다른 사람들을 빛내기 위해서 뒤에서 조용히 돕는 사람들 얘길 하고 싶었어요. 그런 사람들이 없으면 절대로 팀이 승리할 수 없잖아요. 바로 이런 선수들의 이야기라고 보시면 돼요. 야구 팬으로서 한국 야구를 응원하는 마음도 담았고요.

預估朗讀時間：1 分鐘 14 秒

🕐 **錄音以了解你花了多少時間朗讀！**

第一次	分	秒
第二次	分	秒
第三次	分	秒

❼ 광장시장 廣藏市場

1.   聆聽以下內容，注意有畫底線的文字。

　　서울에서 가 볼 만한 곳으로 저는 광장시장을 추천하고 싶은
　　　　　　 [가볼만한/가볼마난]　　　　　　　　　　　　[추천하고/추처나고]

데요. 유명한 관광지도 좋지만 시장 구경하는 거 재미있잖아요.
　　　　　　　　　　　 [조치만]　　　　　　　　　 [재미일짜나요]

광장시장은 종로 5가에 있는데 안에 들어가면 물건도 많이 있고
　　　　　　 [종노]　　　　　 [인는데]　　　　　　　　　 [마니]

요, 꽤 커요.

　　요즘은 외국인들도 많던데 거기서 한복 사 가고 그러더라구
　　　　　　　　　　　 [만턴데]

요. 거기가 옛날부터 한복이 유명해서 한복 파는 데가 많거든요.
[옌날]   [만커든뇨]

근데 광장시장하면 음식이 제일 유명해요. 빈대떡하고 마약김밥,
                                    [빈대떠카고]

육회가 유명한데요. 입구 쪽에 유명한 빈대떡 집이 있어요. 아마
[유쾨]   [빈대떡찝]

주말에는 줄 서서 먹어야 될걸요. 고소한 빈대떡 냄새가 나서 시
              [될껄료]   [빈대떵냄새]

장 들어가면 안 먹을 수가 없어요. 마약김밥이란 것도 유명한데
        [안머글쑤]   [걷또]

이름이 좀 신기하죠? 자꾸 먹고 싶어진다고 마약김밥인데 김밥

찍어 먹으라고 겨자 소스를 주거든요. 그 소스가 되게 맛있어요.

그리고 육회 좋아하면 육회 맛집도 많으니까 한번 가 보세요.
        [조아하면]   [맏찝또] [마느니까]

2. 練習下方的發音，仔細聆聽並跟著念。

激音化 p.58	좋지만 [조치만] 많던데 [만턴데] 많거든요 [만커든뇨] 빈대떡하고 [빈대떠카고] 육회 [유쾨]
ㅎ音脫落 p.66	재미있잖아요 [재미읻짜나요] 많이 [마니] 좋아하면 [조아하면] 많으니까 [마느니까]
硬音化 p.72	재미있잖아요 [재미읻짜나요] 빈대떡 집 [빈대떡찝] 될걸요 [될껄료] 안 먹을 수 [안머글쑤] 것도 [걷또] 맛집도 [맏찝또]
鼻音化① p.88	있는데 [인는데] 옛날 [옌날] 빈대떡 냄새 [빈대떵냄새]
鼻音化② p.96	종로 [종노]

3. 跟著音檔念，並留意要在「／」標記後停頓。

(1)

> 서울에서 **가 볼 만한 곳으로** ／ 저는 광장시장을 추천하고 **싶은데요**. 유명한
> 관광지도 좋지만 ／ 시장 구경하는 거 재미있잖아요. 광장시장은 종로 5가에 있
> 는데 ／ 안에 들어가면 물건도 많이 **있고요,** ／ 꽤 커요.

> - 在說가 볼 만한 곳으로時，不要停頓聽起來比較自然。
> - 當一個句子結尾是-(으)ㄴ/는데，如싶은데요，意味著話者還沒說完話，因此語調在句尾微微上揚。
> - -요在一個句子裡會加到一個連接詞尾的後面，如있고요，或者是口語上加到一個句子的最後面。

(2)

> 요즘은 외국인들도 많던데 ／ 거기서 **한복 사 가고 그러더라구요**. 거기가 옛날
> 부터 한복이 유명해서 ／ **한복 파는 데가 많거든요.**

> - 在說한복 사 가고 그러더라구요和한복 파는 데가 많거든요時，不要停頓聽起來比較自然。
> - 如同그러더라구요中的구，고在口語中很常用구來替代。
> - 當거든表示原因，例如많거든요，語調微微下降。
> - 많거든요一般發為[만커든뇨]，在요之前添加ㄴ的音，而非念為[만커드뇨]。

(3)

근데 광장시장하면 / 음식이 제일 유명해요. 빈대떡하고 마약 **김밥**, 육회가 **유명한데요**. 입구 쪽에 유명한 빈대떡 집이 있어요. 아마 주말에는 줄 서서 먹어야 **될걸요**. 고소한 빈대떡 냄새가 나서 / 시장 들어가면 안 먹을 수가 없어요.

- 紫菜飯捲的正確發音是[김:밥]或[김빱]，但許多人會念為[김빱]。
- 當一個句子結尾是-(으)ㄴ/는데，例如유명한데요，意味著話者還沒說完話，因此語調在句尾微微上揚。
- 當-(으)ㄹ걸暗示推測，例如될걸요，語調微微上揚。
- 照理來說，될걸요的요之前添加ㄴ的音，不該念為[될꺼료]。添加的ㄴ被걸的終聲ㄹ影響而轉變為ㄹ，因此發音就變成[될껄료]。

(4)

마약김밥이란 것도 유명한데 / 이름이 좀 신기하죠? 자꾸 먹고 싶어진다고 마약김밥인데 / 김밥 찍어 먹으라고 겨자 소스를 **주거든요**. 그 소스가 되게 맛있어요. 그리고 육회 좋아하면 / 육회 맛집도 많으니까 한번 가 보세요.

- 當-거든設定了一個狀況讓另一個情節繼續發展，例如주거든요，語調微微上揚。

4. 跟著念下方文句時，請注意發音、停頓和速度。

　　서울에서 가 볼 만한 곳으로 저는 광장시장을 추천하고 싶은데요. 유명한 관광지도 좋지만 시장 구경하는 거 재미있잖아요. 광장시장은 종로 5가에 있는데 안에 들어가면 물건도 많이 있고요, 꽤 커요.

　　요즘은 외국인들도 많던데 거기서 한복 사 가고 그러더라구요. 거기가 옛날부터 한복이 유명해서 한복 파는 데가 많거든요. 근데 광장시장하면 음식이 제일 유명해요. 빈대떡하고 마약김밥, 육회가 유명한데요. 입구 쪽에 유명한 빈대떡 집이 있어요. 아마 주말에는 줄 서서 먹어야 될걸요. 고소한 빈대떡 냄새가 나서 시장 들어가면 안 먹을 수가 없어요. 마약김밥이란 것도 유명한데 이름이 좀 신기하죠? 자꾸 먹고 싶어진다고 마약김밥인데 김밥 찍어 먹으라고 겨자 소스를 주거든요. 그 소스가 되게 맛있어요. 그리고 육회 좋아하면 육회 맛집도 많으니까 한번 가 보세요.

預估朗讀時間：1 分鐘 18 秒

🕐 錄音以了解你花了多少時間朗讀！

第一次	分	秒
第二次	分	秒
第三次	分	秒

⑧ 인터뷰3 회사 면접
訪談 3 公司面試

1. 聆聽以下內容，注意有畫底線的文字。

면접관　윤지원 씨는 전공이 법학이고 은행에서 일한 경력이 있으
　　　　　　　　　　[버파기고]　　　　　　　　　　[경녀기]

　　　　시네요.

윤지원　네, 저는 신라대학교에서 법학을 전공했고 졸업 후에는
　　　　　　　　[실라]　　　　　　　　　　[전공핻꼬] [조러푸에는]

　　　　세화은행 법무팀에서 6년 동안 일을 했습니다.
　　　　　　　　[범무티메서] [육년똥안]

면접관 오래 일하셨네요. 그러면 오랫동안 직장 생활하면서 자기
[일하션네요/이라션네요]   [직짱]

가 부족하다고 느낀 점은 뭔지 그리고 우리 회사에 들어
[부조카다고]

온다면 어떤 자세로 일하고 싶은지 말씀해 보십시오.
[말씀해/말쓰매]

윤지원 저는 지난 직장에서 입사 초부터 업무 능력을 인정받아서
[입싸]   [엄무][능녀글]

좋은 평가를 받았습니다. 그래서 제 능력이면 안 되는 게
[조은] [평까]

없다고 생각했고 항상 저만 최고라고 믿었습니다. 그러다

보니깐 동료들과 일할 때 제 의견이 더 좋다고 생각한 적
[동뇨]   [조타고]

이 많았던 것 같습니다. 그런데 여러 명이 같이 일하다 보
[마낟떤]   [가치]

니 회사 일은 혼자 할 수 있는 게 아니고 다른 사람 의견에

귀 기울이는 것이 무엇보다 중요하다는 걸 알게 됐습니

다. 앞으로 이 회사에서 일하게 된다면 함께 일하는 동료

들과 협력해서 조화를 이루도록 노력하겠습니다.
[혐녀캐서]   [노려카겓씀니다/노려카게씀니다]

2. 練習下方的發音，仔細聆聽並跟著念。

激音化 p.58	법학이고 [버파기고]
	졸업 후에는 [조러푸에는]
	부족하다고 [부조카다고]
	좋다고 [조타고]
	협력해서 [혐녀캐서]
	노력하겠습니다 [노려카겓씀니다]
ㅎ音脫落 p.66	좋은 [조은]
	많았던 [마낟떤]
硬音化 p.72	전공했고 [전공핻꼬]
	6년 동안 [융년똥안]
	직장 [직짱]
	입사 [입싸]
	평가 [평까]
	많았던 [마낟떤]
	노력하겠습니다 [노려카겓씀니다]
口蓋音化 p.82	같이 [가치]
鼻音化① p.88	법무팀에서 [범무티메서]
	6년 동안 [융년똥안]
	일하셨네요 [일하션네요]
	업무 [엄무]
	노력하겠습니다 [노려카겓씀니다]
鼻音化② p.96	경력이 [경녀기]
	능력을 [능녀글]
	동료 [동뇨]
鼻音化③ p.102	협력해서 [혐녀캐서]
流音化 p.108	신라 [실라]

3. 跟著音檔念，並留意要在「／」標記後停頓。

(1)

면접관 윤지원 씨는 ／ 전공이 법학이고 ／ 은행에서 일한 경력이 있으시네요.

윤지원 네, 저는 신라대학교에서 법학을 전공했고 ／ 졸업 후에는 세화은행 법무팀에서 **6년 동안** 일했습니다.

- 在說6년 동안時不要停頓，聽起來比較自然。

(2)

면접관 오래 일하셨네요. 그러면 오랫동안 직장 **생활하면서** ／ 자기가 부족하다고 느낀 점은 **뭔지** ／ 그리고 우리 회사에 **들어온다면** ／ 어떤 자세로 일하고 싶은지 말씀해 보십시오.

- 當句子很長時，可以在連接詞後做一個停頓。因此，在생활하면서、뭔지和들어온다면之後做一個停頓，聽起來會比較自然。

(3)

윤지원 저는 지난 직장에서 ／ 입사 초부터 업무 능력을 인정받아서 ／ 좋은 평가를 받았습니다. 그래서 제 능력이면 **안 되는 게 없다고** 생각했고 ／ 항상 저만 최고라고 믿었습니다.

- 在說안 되는 게 없다고時不要停頓，才能正確傳達意義。

(4)

윤지원　**그러다 보니깐** 동료들과 일할 때 / 제 의견이 더 좋다고 생각한 적이 **많았던 것** 같습니다.

- 在許多狀況下，口語中그러다 보니까會添加助詞ㄴ，例如그러다 보니깐。
- 在說많았던 것時不要停頓，聽起來會比較自然。

(5)

윤지원　그런데 여러 명이 같이 **일하다 보니** / 회사 일은 혼자 할 수 있는 게 **아니고** / 다른 사람 의견에 귀 기울이는 것이 / 무엇보다 **중요하다는 걸** 알게 됐습니다.

- 當句子很長時，可以在連接詞後做一個停頓。因此，在일하다 보니和아니고之後做一個停頓，聽起來會比較自然。
- 在許多狀況下，口語中것을會被簡化為걸，例如중요하다는 걸。說중요하다는 걸時不要停頓，聽起來比較自然。

(6)

윤지원　앞으로 이 회사에서 일하게 **된다면** / 함께 일하는 동료들과 **협력해서** / 조화를 이루도록 노력하겠습니다.

- 當句子很長時，可以在連接詞後做一個停頓。因此，在된다면和협력해서之後做一個停頓，聽起來會比較自然。

4. 跟著念下方文句時，注意發音、停頓和速度。

면접관　윤지원 씨는 전공이 법학이고 은행에서 일한 경력이 있으시네요.

윤지원　네, 저는 신라대학교에서 법학을 전공했고 졸업 후에는 세화은행 법무 팀에서 6년 동안 일을 했습니다.

면접관　오래 일하셨네요. 그러면 오랫동안 직장 생활하면서 자기가 부족하다 고 느낀 점은 뭔지 그리고 우리 회사에 들어온다면 어떤 자세로 일하고 싶은지 말씀해 보십시오.

윤지원　저는 지난 직장에서 입사 초부터 업무 능력을 인정받아서 좋은 평가를 받았습니다. 그래서 제 능력이면 안되는 게 없다고 생각했고 항상 저만 최고라고 믿었습니다. 그러다 보니깐 동료들과 일할 때 제 의견이 더 좋 다고 생각한 적이 많았던 것 같습니다. 그런데 여러 명이 같이 일하다 보니 회사 일은 혼자 할 수 있는 게 아니고 다른 사람 의견에 귀 기울이 는 것이 무엇보다 중요하다는 걸 알게 됐습니다. 앞으로 이 회사에서 일 하게 된다면 함께 일하는 동료들과 협력해서 조화를 이루도록 노력하 겠습니다.

預估朗讀時間：1 分鐘 17 秒

🕐 **錄音以了解你花了多少時間朗讀！**

第一次	分	秒
第二次	分	秒
第三次	分	秒

❾ 일기 예보 天氣預報

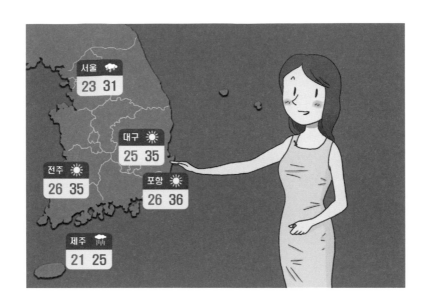

1. 聆聽以下內容，注意有畫底線的文字。

열대야 현상으로 잠을 못 이룬 분들 많으시지요? 밤낮으로 더
[열때야]   [몬니룬]   [마느시지요]

위가 식을 줄 모르고 있습니다. 열흘 넘게 찌는 듯한 더위가
      [시글쭐]   [열흘럼께/여를럼께] [찌는드탄]

계속되고 있는데요. 오늘도 포항의 낮 기온이 36도, 전주와 대구
[계속뙤고] [인는데요]   [낟끼오니] [삼심뉵또]

도 35도까지 오르는 등 무척 덥겠습니다. 서울은 31도로 어제와
                                              [삼시빌또]

비슷하겠습니다.
[비스타겓씀니다/비스타게씀니다]

현재 제주도에 호우주의보가 내려진 가운데 시간당 30㎜
　　　　　　　[호우주이보]　　　　　　　　　　　　　[삼심밀리미터]

안팎의 강한 비가 오고 있는데요. 비 피해 없도록 철저히 대비하
[안파께]　　　　　　　　　　　　　　　　　　[업또록] [철쩌히]

셔야겠습니다.　서울은 오전에는 맑다가 낮 한때 소나기가 쏟아질
　　　　　　　　　　　　　　[막따가] [나탄때]　　　　　[쏘다질꺼스로]

것으로 전망됩니다.

당분간 전국이 대체로 맑은 가운데 무더운 날씨가 이어지겠고

요. 더위는 주말쯤 절정에 이르겠습니다. 토요일에 서울을 비롯
　　　　　　　　　　[절쩡]

한 수도권 지역의 기온이 34도까지 오를 것으로 예상됩니다. 지
　　[수도꿘]

금까지 날씨였습니다.

2. 練習下方的發音，仔細聆聽並跟著念。

激音化 p.58 ▶	찌는 듯한 [찌는드탄] 비슷하겠습니다 [비스타겐씀니다] 낮 한때 [나탄때]
ㅎ音脫落 p.66 ▶	많으시지요 [마느시지요]
硬音化 p.72 ▶	열대야 [열때야] 식을 줄 [시글쭐] 열흘 넘게 [열흘럼께] 계속되고 [계속뙤고] 낮 기온이 [낟끼오니] 36도 [삼심뉵또] 31도 [삼시빌또] 없도록 [업또록] 철저히 [철쩌히] 맑다가 [막따가] 쏟아질 것으로 [쏘다질꺼스로] 절정 [절쩡] 수도권 [수도꿘]
鼻音化① p.88 ▶	있는데요 [인는데요] 비슷하겠습니다 [비스타겐씀니다] 30mm [삼심밀리미터]
流音化 p.108 ▶	열흘 넘게 [열흘럼께]
ㄴ添加 p.116 ▶	못 이룬 [몬니룬] 36도 [삼심뉵또]

3. 跟著音檔念，並留意要在「／」標記後停頓。

(1)

열대야 현상으로 ／ 잠을 **못 이룬** 분들 **많으시지요**? 밤낮으로 ／ 더위가 식을 줄 모르고 있습니다.

- 못 이룬如果在못和이룬之間停頓，就會變成[모디룬]；如果講的時候 是如[몬니룬]這樣沒有停頓，聽起來會比較自然流暢。
- 當많으시지요的-지요意味著確認，語調會比你提問題時下降一些；如 果語調如同問問題時那樣上揚，聽起來會很不自然。

(2)

열흘 넘게 ／ 찌는 듯한 더위가 계속되고 **있는데요**. 오늘도 포항의 낮 기온이 36도, 전주와 대구도 35도까지 오르는 등 ／ 무척 덥겠습니다. 서울은 31도로 어제와 비슷하겠습니다.

- 當一個句子以-(으)ㄴ/는데為結尾，如있는데요，意味著話者還沒說完 話，因此語調在語尾部分微微上揚。

(3)

현재 제주도에 호우주의보가 내려진 가운데 ／ 시간당 **30㎜** 안팎의 강한 비가 오고 있는데요. **비 피해** 없도록 ／ 철저히 대비하셔야겠습니다. 서울은 오전에 는 맑다가 ／ 낮 한때 소나기가 쏟아질 것으로 전망됩니다.

- 30mm 中的 mm 發音為[밀리미터]或[밀리]，但在口語裡有些人會念為 [미리미터]或[미리]。
- 在說비 피해時不要停頓，聽起來比較自然。

(4)

당분간 전국이 대체로 맑은 가운데 / 무더운 날씨가 **이어지겠고요**. 더위는 주말쯤 / 절정에 이르겠습니다. 토요일에 서울을 비롯한 수도권 지역의 기온이 / 34도까지 오를 것으로 예상됩니다. 지금까지 날씨였습니다.

- 說이어지겠고요時若語調微微上揚，表示話者還沒說完話，而且後續還有更多資訊。

4. 跟著念下方文句時，注意發音、停頓和速度。

열대야 현상으로 잠을 못 이룬 분들 많으시지요? 밤낮으로 더위가 식을 줄 모르고 있습니다. 열흘 넘게 찌는 듯한 더위가 계속되고 있는데요. 오늘도 포항의 낮 기온이 36도, 전주와 대구도 35도까지 오르는 등 무척 덥겠습니다. 서울은 31도로 어제와 비슷하겠습니다.

현재 제주도에 호우주의보가 내려진 가운데 시간당 30mm 안팎의 강한 비가 오고 있는데요. 비 피해 없도록 철저히 대비하셔야겠습니다. 서울은 오전에는 맑다가 낮 한때 소나기가 쏟아질 것으로 전망됩니다.

당분간 전국이 대체로 맑은 가운데 무더운 날씨가 이어지겠고요. 더위는 주말쯤 절정에 이르겠습니다. 토요일에 서울을 비롯한 수도권 지역의 기온이 34도까지 오를 것으로 예상됩니다. 지금까지 날씨였습니다.

預估朗讀時間：1 分鐘 4 秒

🕐 **錄音以了解你花了多少時間朗讀！**

第一次	分	秒
第二次	分	秒
第三次	分	秒

❿ 상담 諮詢

1. 聆聽以下內容，注意有畫底線的文字。

이번 순서는 여러분의 고민을 풀어 보는 고민 상담 시간입니

다. 오늘도 다양한 고민들이 올라와 있는데요. 먼저 첫 번째 사연
　　　[다양한/다양안]　　　　　　　　　　[인는데요]　　　　[첟뻔째]

을 만나 보겠습니다.
　　　　　[보겓씀니다/보게쓰니다]

안녕하세요. 저는 6년 사귄 여자 친구 때문에 고민인 20대 청
[안녕하세요/안녕아세요]　[융년]

년입니다. 무슨 고민이냐고요? 바로 운동입니다. 제 여자 친구

는 1년 365일 운동을 안 하는 날이 없을 정도로 운동에 푹 빠져
[일련] [삼뱅뉵씨보일]

있습니다. 적당한 운동은 건강에도 좋은데 무슨 고민이냐 하겠지
[적땅한/적땅안]   [조은데]

만 이 친구는 자기 몸을 돌보지도 않고 운동만 합니다. 어느 정도
[안코]

냐면요. 너무 심하게 운동을 해서 무릎 통증이 심한데도 운동으
[통쯩] [심한데도/시만데도]

로 풀어야 한다며 다시 운동하다가 한 달 동안 걷지도 못했어요.
[한달똥안]   [걷찌도]   [모태써요]

그렇다고 이 친구가 살을 빼야 할 정도의 몸이라든가 그런 건 아
[그러타고]

니에요. 제가 왜 그렇게 운동을 하냐고 물어본 적이 있었거든요.
[그러케]

그랬더니 자기는 그렇게 운동으로 만든 탄탄한 근육을 사랑한다고
[그랟떠니]   [탄탄한/탄타난] [사랑한다고/사랑안다고]

하더라고요. 아무리 그래도 남자 친구보다 근육을 만드는 게 더

좋을까요? 이러니 데이트를 해도 맛있는 음식은 먹으러 갈 수도
[조을까요]   [갈쑤도]

없습니다. 몸매 유지를 위해 매일 저녁은 닭 가슴살 100g, 고구마

반 개가 전부거든요. 바빠서 운동을 못한 날은 밤에라도 해야 해

서 데이트 약속을 취소한 적도 한두 번이 아닙니다. 여자 친구의
[약쏘글]

못 말리는 운동 사랑을 어떻게 해야 할까요? 고민 좀 해결해 주세요.
[몬말리는]   [해결해/해겨래]

2. 練習下方的發音，仔細聆聽並跟著念。

激音化 p.58	않고 [안코] 못했어요 [모태써요] 그렇다고 [그러타고] 그렇게 [그러케]
ㅎ音脫落 p.66	좋은데 [조은데] 좋을까요 [조을까요]
硬音化 p.72	첫 번째 [첟뻔째] 보겠습니다 [보겓씀니다] 365일 [삼뱅뉵씨보일] 적당한 [적땅한] 통증 [통쯩] 한 달 동안 [한달똥안] 걷지도 [걷찌도] 그랬더니 [그랟떠니] 갈 수도 [갈쑤도] 약속을 [약쏘글]
鼻音化① p.88	있는데요 [인는데요] 보겠습니다 [보겓씀니다] 6년 [융년] 못 말리는 [몬말리는]
流音化 p.108	1년 [일련]
ㄴ添加 p.116	365일 [삼뱅뉵씨보일]

3. 跟著音檔念，並留意要在「 / 」標記後停頓。

(1)

이번 순서는 / 여러분의 고민을 풀어보는 고민 상담 시간입니다. 오늘도 다양한 고민들이 올라와 **있는데요**. 먼저 / 첫 번째 사연을 만나 보겠습니다.

- 當一個句子結尾是-(으)ㄴ/는데，例如있는데요，意味著話者還沒說完話，因此語調在語尾部分會微微上揚。

(2)

안녕하세요. 저는 6년 사귄 여자 친구 때문에 고민인 / 20대 청년입니다. 무슨고민이냐고요? 바로 운동입니다. 제 여자 친구는 / **1년 365일** 운동을 안 하는날이 없을 정도로 / 운동에 푹 빠져 있습니다. 적당한 운동은 건강에도 좋은데무슨 고민이냐 하겠지만 / 이 친구는 자기 몸을 돌보지도 않고 운동만 합니다.

- 在說1년 365일時，中間不要停頓，聽起來比較自然。

(3)

어느 정도냐면요. / 너무 심하게 운동을 해서 무릎 통증이 심한데도 / 운동으로 풀어야 한다며 다시 운동하다가 / 한 달 동안 걷지도 못했어요.

- 어느 정도냐면요中的정도냐면요，語調微微上揚。

(4)

그렇다고 이 친구가 / 살을 빼야 할 정도의 몸이라든가 그런 건 아니에요. 제가 왜 그렇게 운동을 하냐고 물어본 적이 **있었거든요**. 그랬더니 자기는 그렇게 **운동으로 만든** / **탄탄한 근육을** 사랑한다고 하더라고요.

- 當-거든設定了一個狀況讓另一個情節繼續發展，如있었거든요，語調微微上揚。
- 一般來說，있었거든요的요之前添加ㄴ的音，使發音變成[이썰꺼든뇨]而不是念為[이썰꺼드뇨]。
- 운동으로 만든修飾後面接續的탄탄한 근육을。在講운동으로 만든和탄탄한 근육을時，不要停頓才能傳達正確的意思。

(5)

아무리 그래도 / 남자 친구보다 근육을 만드는 게 더 좋을까요? 이러니 데이트를 해도 / 맛있는 음식은 먹으러 갈 수도 없습니다. 몸매 유지를 위해 매일 저녁은 / 닭 가슴살 100g, 고구마 반 개가 **전부거든요**. 바빠서 운동을 못한 날은 밤에라도 해야 해서 / 데이트 약속을 취소한 적도 한두 번이 아닙니다. 여자 친구의 못 말리는 운동 사랑을 / 어떻게 해야 할까요? 고민 좀 해결해 주세요.

- 100g 的正確發音是[그램]，但許多人念為[그람]。
- 當-거든表示推測，例如전부거든요，語調微微下降。
- 一般來說，전부거든요的요之前添加ㄴ的音，使發音變成[전부거든뇨]，而不是念為[전부거드뇨]。

4. 跟著念下方文句時，注意發音、停頓和速度。

이번 순서는 여러분의 고민을 풀어 보는 고민 상담 시간입니다. 오늘도 다양한 고민들이 올라와 있는데요. 먼저 첫 번째 사연을 만나 보겠습니다.

안녕하세요. 저는 6년 사귄 여자 친구 때문에 고민인 20대 청년입니다. 무슨 고민이냐고요? 바로 운동입니다. 제 여자 친구는 1년 365일 운동을 안 하는 날이 없을 정도로 운동에 푹 빠져 있습니다. 적당한 운동은 건강에도 좋은데 무슨 고민이냐 하겠지만 이 친구는 자기 몸을 돌보지도 않고 운동만 합니다. 어느 정도냐면요. 너무 심하게 운동을 해서 무릎 통증이 심한데도 운동으로 풀어야 한다며 다시 운동하다가 한 달 동안 걷지도 못했어요. 그렇다고 이 친구가 살을 빼야 할 정도의 몸이라든가 그런 건 아니에요. 제가 왜 그렇게 운동을 하냐고 물어본 적이 있었거든요. 그랬더니 자기는 그렇게 운동으로 만든 탄탄한 근육을 사랑한다고 하더라고요. 아무리 그래도 남자 친구보다 근육을 만드는 게 더 좋을까요? 이러니 데이트를 해도 맛있는 음식은 먹으러 갈 수도 없습니다. 몸매 유지를 위해 매일 저녁은 닭 가슴살 100g, 고구마 반 개가 전부거든요. 바빠서 운동을 못한 날은 밤에라도 해야 해서 데이트 약속을 취소한 적도 한두 번이 아닙니다. 여자 친구의 못 말리는 운동 사랑을 어떻게 해야 할까요? 고민 좀 해결해 주세요.

預估朗讀時間：1 分鐘 45 秒

⏱ 錄音以了解你花了多少時間朗讀！

第一次	分	秒
第二次	分	秒
第三次	分	秒

⑪ 커피 咖啡

1. 聆聽以下內容，注意有畫底線的文字。

한국인 성인 한 명이 <u>1년</u>에 마시는 커피는 350㎖ 기준으로 <u>500잔</u>
        [일련]   [오백짠]

이 넘는다는 통계가 있다. 이러한 통계를 <u>증명해 주듯이</u> 거리에
                                          [증명해주드시/증명애주드시]

는 온갖 커피 전문점이 넘쳐난다.

그렇다면 한국에서는 언제부터 커피를 마시기 <u>시작했을까</u>?
<u>[그러타면]</u>   [시자캐쓸까]

<u>1896년</u>에 고종 황제가 한국인 중에서 최초로 커피를 <u>마셨다고</u> 한
[천팔백구심늉녀네]   [마션따고]

다. 당시에 커피는 양반과 귀족들만 즐길 수 있는 것이었는데 한
[귀족뜰]   [즐길쑤인는]

국 전쟁 이후 미군에 의해 인스턴트커피가 전해지면서 일반 대중
[전해지면서/저내지면서]

들에게 본격적으로 보급되었다. 그 후로 꾸준한 사랑을 받아 온
[본격쩌그로]   [꾸준한/꾸주난]

인스턴트커피는 국내의 한 커피 회사에서 만든 스틱 모양의 인스
[궁내에]   [스팅모양에]

턴트커피가 나오면서 언제 어디서나 간편하게 마실 수 있어 크게
[간편하게/간펴나게]

인기를 얻었다.

　　　인스턴트커피뿐만 아니라 원두커피도 한국 사람들에게

사랑받고 있는데 한국에도 커피 원두를 재배하는 곳이 있다. 바
[사랑받꼬]

로 강릉이다. 강릉에는 커피 박물관이 있고 매년 10월에는 커피
[강능]   [방물관]

축제도 열린다. 강릉의 안목 해변은 커피 거리로 유명한데 특색
[안모캐변]   [유명한데/유명안데] [특쌕]

있는 커피 전문점에서 동해 바다를 바라보며 원두 볶는 냄새와 함
[동해/동애]   [봉는]

께 다양한 커피 맛을 즐길 수 있다.
[다양한/다양안]

2. 練習下方的發音，仔細聆聽並跟著念。

激音化 p.58	그렇다면 [그러타면] 시작했을까 [시자캐쓸까] 안목해변 [안모캐변]
硬音化 p.72	500잔 [오백짠] 마셨다고 [마셛따고] 귀족들 [귀족뜰] 즐길 수 있는 [즐길쑤인는] 본격적으로 [본껵쩌그로] 사랑받고 [사랑받꼬] 특색 [특쌕]
鼻音化① p.88	1896년에 [천팔백구심늉녀네] 즐길 수 있는 [즐길쑤인는] 국내의 [궁내에] 스틱 모양의 [스팅모양에] 박물관 [방물관] 볶는 [봉는]
鼻音化② p.96	강릉 [강능]
流音化 p.108	1년 [일련]
ㄴ 添加 p.116	1896년에 [천팔백구심늉녀네]

3. 跟著音檔念，並留意要在「 / 」標記後停頓。

(1)

한국인 성인 한 명이 1년에 마시는 커피는 / 350㎖ 기준으로 500잔이 넘는다
는 통계가 있다. 이러한 통계를 증명해 주듯이 / 거리에는 온갖 커피 전문점이
넘쳐난다.

- 한국인 성인 한 명이 1년에 마시는修飾主語커피는，因此在說這句話
  時不可停頓；停頓應該在主語之後。
- 350㎖ 的 ㎖ 正確發音是[밀리리터]，但很多人都會念為[미리리터]。

(2)

그렇다면 한국에서는 / 언제부터 커피를 마시기 시작했을까? 1896년에 고종
황제가 / 한국인 중에서 최초로 커피를 **마셨다고 한다**.

- 如果要表示引用他人說法，例如마셨다고 한다，字詞中間雖有空
  白，但在說話時，不要停頓才能正確傳達意義。

(3)

당시에 **커피는** / 양반과 귀족들만 즐길 수 있는 **것이었는데** / 한국 전쟁 이
후 미군에 의해 인스턴트커피가 **전해지면서** / 일반 대중들에게 본격적으로
보급되었다.

- 這是很長的一個句子，目的是要解釋咖啡，所以在主語커피는之後可
  以做一個停頓。
- 當句子很長時，在連接詞後面應該要稍做停頓；因此，在것이었는
  데、전해지면서之後停頓，聽起來會比較自然。

(4)

그 후로 **꾸준한 사랑을 받아 온 인스턴트커피는** / **국내의 한 커피 회사에서 만든** / **스틱 모양의 인스턴트커피가** 나오면서 / 언제 어디서나 간편하게 마실 수 있어 크게 인기를 얻었다.

- 꾸준한 사랑을 받아 온修飾主語인스턴트커피는，因此在說這句話時不可以停頓，停頓應該在主語之後。
- 국내의 한 커피 회사에서 만든修飾後方接續的스틱 모양의 인스턴트커피가。說국내의 한 커피 회사에서 만든和스틱 모양의 인스턴트커피가時不要停頓，才能正確傳達意義。

(5)

인스턴트커피뿐만 아니라 원두커피도 / 한국 사람들에게 **사랑받고** 있는데 / 한국에도 커피 원두를 재배하는 곳이 있다. 바로 강릉이다.

- 當一個助詞被省略，如사랑받고，說這個字詞時不要停頓，聽起來比較自然。

(6)

강릉에는 커피 박물관이 있고 / 매년 10월에는 커피 축제도 열린다. 강릉의 안목 해변은 커피 거리로 **유명한데** / 특색 있는 커피 전문점에서 동해 바다를 **바라보며** / 원두 볶는 냄새와 함께 다양한 커피 맛을 즐길 수 있다.

- 當句子很長時，可以在連接詞後做一個停頓。因此，在유명한데和바라보며之後做一個停頓，聽起來會比較自然。

4. 跟著念下方文句時，注意發音、停頓和速度。

> 　　한국인 성인 한 명이 1년에 마시는 커피는 350㎖ 기준으로 500잔이 넘는다는 통계가 있다. 이러한 통계를 증명해 주듯이 거리에는 온갖 커피 전문점이 넘쳐난다.
>
> 　　그렇다면 한국에서는 언제부터 커피를 마시기 시작했을까? 1896년에 고종 황제가 한국인 중에서 최초로 커피를 마셨다고 한다. 당시에 커피는 양반과 귀족들만 즐길 수 있는 것이었는데 한국 전쟁 이후 미군에 의해 인스턴트커피가 전해지면서 일반 대중들에게 본격적으로 보급되었다. 그 후로 꾸준한 사랑을 받아 온 인스턴트커피는 국내의 한 커피 회사에서 만든 스틱 모양의 인스턴트커피가 나오면서 언제 어디서나 간편하게 마실 수 있어 크게 인기를 얻었다.
>
> 　　인스턴트커피뿐만 아니라 원두커피도 한국 사람들에게 사랑받고 있는데 한국에도 커피 원두를 재배하는 곳이 있다. 바로 강릉이다. 강릉에는 커피 박물관이 있고 매년 10월에는 커피 축제도 열린다. 강릉의 안목 해변은 커피 거리로 유명한데 특색 있는 커피 전문점에서 동해 바다를 바라보며 원두 볶는 냄새와 함께 다양한 커피 맛을 즐길 수 있다.

預估朗讀時間：1 分鐘 32 秒

🕐 **錄音以了解你花了多少時間朗讀！**

第一次	分	秒
第二次	分	秒
第三次	分	秒

⑫ 한국 드라마 韓劇

1. 聆聽以下內容，注意有畫底線的文字。

한국 드라마에 자주 나오는 <u>몇 가지</u> 이야기가 있다. 부자 남자
[멷까지]

와 <u>가난한</u> 여자의 사랑, <u>삼각관계</u>, 교통사고, 기억 <u>상실증</u>, <u>불치병</u>,
[가난한/가나난]　　　　　　[삼각꽌계]　　　　　　　　[상실쯩]　[불치뼝]

출생의 비밀은 여러 드라마에서 쉽게 볼 수 있다. 이에 대해 사랑
[출생에]   [쉽께] [볼쑤] [읻때]

이야기가 싫지는 않지만 드라마의 장르와 배경이 달라져도 연애
        [실치는] [안치만]

이야기가 차지하는 비중이 높기 때문에 드라마의 내용이 비슷하다
                    [놉끼]   [비스타다]

는 불만도 있다.

    외국인들에게는 한국 드라마가 어떻게 느껴질까? 라면을 먹
                                [어떠케]

을 때 그릇에 담지 않고 냄비 뚜껑에 덜어먹는 장면, 큰 그릇에 밥
        [담찌] [안코]   [멍는]

을 넣고 비벼 먹는 장면, 숟가락을 술병에 꽂아 마이크처럼 쓰는
  [너코]   [숟까라글] [술뼝]

장면은 외국인의 눈에 재미있고 신기하다고 한다. 그리고 주인공

이 피곤해서 코피를 흘리는 장면은 외국인에게는 그 의미가 전달
[피곤해서/피고내서]

되지 않아서 이상하게 보인다고 한다. 그 밖에 거의 모든 드라마
    [아나서]

에 주인공의 부모님이 등장하고 따뜻한 가족 사랑을 보여 주는 이
                        [따뜨탄]

야기가 많다는 점 등을 한국 드라마의 특징으로 꼽는 외국인이
        [만타]   [특찡]   [꼼는]

많다.

2. 練習下方的發音，仔細聆聽並跟著念。

激音化 p.58	싫지는 [실치는]　　않지만 [안치만] 비슷하다 [비스타다]　어떻게 [어떠케] 않고 [안코]　　　　넣고 [너코] 따뜻한 [따뜨탄]　　많다 [만타]
ㅎ音脫落 p.66	않아서 [아나서]
硬音化 p.72	몇 가지 [면까지]　　삼각관계 [삼각꽌계] 상실증 [상실쯩]　　불치병 [불치뼝] 출생의 [출쌩에]　　쉽게 [쉽께] 볼 수 있다 [볼쑤읻따]　높기 [놉끼] 담지 [담찌]　　　　숟가락을 [숟까라글] 술병 [술뼝]　　　　특징 [특찡]
鼻音化① p.88	먹는 [멍는]　　　　꼽는 [꼼는]

3. 跟著音檔念，並留意要在「 / 」標記後停頓。

(1)
> **한국 드라마에 자주 나오는 몇 가지 이야기가** 있다. 부자 남자와 가난한 여자의
> 사랑, 삼각관계, 교통사고, 기억 상실증, 불치병, **출생의 비밀은** / 여러 드라마
> 에서 쉽게 볼 수 있다.
>
> > • 한국 드라마에 자주 나오는修飾몇 가지 이야기가。在說한국 드라마에
> > 자주 나오는和몇 가지 이야기가時不要停頓，才能正確傳達意義。
> > • 句子的主語是從부자 남자와 가난한 여자의 사랑到출생의 비밀은，在
> > 출생의 비밀은之後要做一個停頓。

(2)

이에 대해 / 사랑 이야기가 싫지는 **않지만** / 드라마의 장르와 배경이 **달라져도** / 연애 이야기가 차지하는 비중이 **높기 때문에** / 드라마의 내용이 비슷하다는 불만도 있다.

- 當句子很長時，要在連接詞後做一個停頓。因此，在않지만、달라져도、높기 때문에之後做一個停頓，聽起來會比較自然。

(3)

외국인들에게는 / 한국 드라마가 어떻게 느껴질까? 라면을 **먹을 때** / 그릇에 **담지 않고** 냄비 뚜껑에 **덜어 먹는** 장면, 큰 그릇에 밥을 넣고 **비벼 먹는** 장면, 숟가락을 술병에 꽂아서 **마이크처럼 쓰는 장면은** / 외국인의 눈에 재미있고 신기하다고 한다.

- 雖然字詞먹을 때, 담지 않고, 덜어 먹는和비벼 먹는中間有空格，但說話時不要停頓，聽起來會比較自然。
- 這個句子的主語是列出來的三個場景，因此在마이크처럼 쓰는 장면은之後要做一個停頓。

(4)

그리고 / 주인공이 피곤해서 코피를 흘리는 장면은 / 외국인에게는 그 의미가 전달되지 않아서 / 이상하게 보인다고 한다. 그 밖에 / 거의 모든 드라마에 주인공의 부모님이 등장하고 / 따뜻한 가족 사랑을 보여주는 이야기가 **많다는 점 등을** / 한국 드라마의 특징으로 꼽는 외국인이 많다.

- 這個句子的受詞是從句子一開始直到많다는 점 등을。因為動詞並非直接緊接在後，受詞後面要有一個停頓。
- 雖然在많다는 점中間有一個空格，但是說這個字詞時，不要停頓聽起來會比較自然。

4. 跟著念下方文句時，注意發音、停頓和速度。

> 　　한국 드라마에 자주 나오는 몇 가지 이야기가 있다. 부자 남자와 가난한 여자의 사랑, 삼각관계, 교통사고, 기억 상실증, 불치병, 출생의 비밀은 여러 드라마에서 쉽게 볼 수 있다. 이에 대해 사랑 이야기가 싫지는 않지만 드라마의 장르와 배경이 달라져도 연애 이야기가 차지하는 비중이 높기 때문에 드라마의 내용이 비슷하다는 불만도 있다.
>
> 　　외국인들에게는 한국 드라마가 어떻게 느껴질까? 라면을 먹을 때 그릇에 담지 않고 냄비 뚜껑에 덜어 먹는 장면, 큰 그릇에 밥을 넣고 비벼 먹는 장면, 숟가락을 술병에 꽂아 마이크처럼 쓰는 장면은 외국인의 눈에 재미있고 신기하다고 한다. 그리고 주인공이 피곤해서 코피를 흘리는 장면은 외국인에게는 그 의미가 전달되지 않아서 이상하게 보인다고 한다. 그 밖에 거의 모든 드라마에 주인공의 부모님이 등장하고 따뜻한 가족 사랑을 보여 주는 이야기가 많다는 점 등을 한국 드라마의 특징으로 꼽는 외국인이 많다.

預估朗讀時間：1 分鐘 15 秒

錄音以了解你花了多少時間朗讀！

第一次	分	秒
第二次	分	秒
第三次	分	秒

⓭ 포장마차 路邊攤／布帳馬車

1. 聆聽以下內容，注意有畫底線的文字。

　　서울에서는 명동, 홍대, 종로, 왕십리, 용산 등 곳곳에서 포장
　　　　　　　　　　[종노]　　　[왕심니]　　　　　　　[곧꼬세서]

마차를 볼 수 있습니다. 떡볶이, 순대, 튀김, 어묵 등 분식류를 파
　　　　　　　　　　　　　　　　　　　　　　　[분싱뉴]

는 포장마차도 있고 산낙지, 닭발, 곱창, 파전, 국수 같은 다양한
　　　　　　　　　　[산낙찌]　[닥빨]　　　　　　[국쑤]

종류의 안주를 먹으며 술도 마실 수 있는 포장마차도 있습니다.
[종뉴]

　　포장마차는 한국 영화나 드라마 속에서 자주 볼 수 있는데

퇴근 후 동료들과 집에 갈 때 따뜻한 국물로 추위를 잊기도 하고
[퇴근후/퇴그누] [동뇨]   [궁물]

답답하거나 힘든 일이 있을 때 술잔을 기울이는 장소로 등장합
                              [술짜늘]

니다.

포장마차는 1950년대 이후에 생겨나 소주와 간단한 안주를
            [천구배고심년대]

팔기 시작했습니다. 1988년 서울 올림픽이 열릴 때쯤 깨끗한 거
              [천구백팔씹팔련]   [깨끄탄]

리 조성을 위해 많이 사라졌다가 90년대 말 경제가 좋지 않은 시
                  [사라젿따가]   [조치] [아는]

기에 다시 많아졌습니다. 요즘은 포차라는 이름의 실내 포장마차
                                              [실래]

가 많이 생겼는데 7-80년대 옛날 포장마차 분위기가 나도록 장
        [생견는데]   [옌날]

식을 하기도 하고 실내에 실제 포장마차를 가져다 놓은 곳도 있습
                  [실쩨]   [노은]

니다.

2. 練習下方的發音，仔細聆聽並跟著念。

激音化 p.58 ➤	답답하거나 [답따파거나] 깨끗한 [깨끄탄] 좋지 [조치]
ㅎ音脫落 p.66 ➤	않은 [아는] 놓은 [노은]
硬音化 p.72 ➤	곳곳에서 [곧꼬세서] 산낙지 [산낙찌] 닭발 [닥빨] 국수 [국쑤] 답답하거나 [답따파거나] 술잔을 [술짜늘] 1988년 [천구백팔씹팔련] 사라졌다가 [사라젿따가] 실제 [실쩨]
鼻音化① p.88 ➤	국물 [궁물] 1950년대 [천구배고심년대] 생겼는데 [생견는데] 옛날 [옌날]
鼻音化② p.96 ➤	종로 [종노] 종류[종뉴] 동료 [동뇨]
鼻音化③ p.102 ➤	분식류 [분싱뉴] 왕십리 [왕심니]
流音化 p.108 ➤	1988년 [천구백팔씹팔련] 실내 [실래]

3. 跟著音檔念，並留意要在「 / 」標記後停頓。

(1)

서울에서는 **명동, 홍대, 종로, 왕십리, 용산 등** / 곳곳에서 포장마차를 볼 수 있습니다. 떡볶이, 순대, 튀김, 어묵 등 / 분식류를 파는 포장마차도 **있고** / 산낙지, 닭발, 곱창, 파전, 국수 같은 / 다양한 종류의 안주를 **먹으며** / 술도 마실 수 있는 포장마차도 있습니다.

- 如果是羅列名詞，例如명동、홍대、종로、왕십리和용산 등，在등之後做一個停頓，聽起來會比較自然流暢。
- 當句子很長時，可以在連接詞後做一個停頓。因此，在있고和먹으며之後做一個停頓，聽起來會比較自然。

(2)

포장마차는 / 한국 영화나 드라마 속에서 자주 **볼 수 있는데** / 퇴근 후 동료들과 집에 갈 때 따뜻한 국물로 추위를 잊기도 **하고** / 답답하거나 힘든 일이 **있을 때** / 술잔을 기울이는 장소로 등장합니다.

- 當句子很長時，連接詞後面應該要稍做停頓。因此，在있는데、하고和있을 때之後停頓，聽起來會比較自然。
- 雖然볼和수之間有空格，但說話時不要停頓，聽起來會比較自然。

(3)

포장마차는 1950년대 이후에 생겨나 / 소주와 간단한 안주를 팔기 시작했습니다. 1988년 서울 올림픽이 열릴 때쯤 / 깨끗한 거리 조성을 위해 많이 사라졌다가 / 90년대 말 경제가 좋지 않은 시기에 / 다시 많아졌습니다. 요즘은 / **포차라는 이름의** 실내 포장마차가 많이 생겼는데 / **7-80년대** 옛날 포장마차 분위기가 나도록 장식을 하기도 하고 / 실내에 실제 포장마차를 가져다 놓은 곳도 있습니다.

- 在說포차라는 이름의時不要停頓，聽起來比較自然。
- 7-80년대的發音為[칠팔씸년대]。

207

4. 跟著念下方文句時，注意發音、停頓和速度。

> 　　서울에서는 명동, 홍대, 종로, 왕십리, 용산 등 곳곳에서 포장마차를 볼 수 있습니다. 떡볶이, 순대, 튀김, 어묵 등 분식류를 파는 포장마차도 있고 산낙지, 닭발, 곱창, 파전, 국수 같은 다양한 종류의 안주를 먹으며 술도 마실 수 있는 포장마차도 있습니다.
>
> 　　포장마차는 한국 영화나 드라마 속에서 자주 볼 수 있는데 퇴근 후 동료들과 집에 갈 때 따뜻한 국물로 추위를 잊기도 하고 답답하거나 힘든 일이 있을 때 술잔을 기울이는 장소로 등장합니다.
>
> 　　포장마차는 1950년대 이후에 생겨나 소주와 간단한 안주를 팔기 시작했습니다. 1988년 서울 올림픽이 열릴 때쯤 깨끗한 거리 조성을 위해 많이 사라졌다가 90년대 말 경제가 좋지 않은 시기에 다시 많아졌습니다. 요즘은 포차라는 이름의 실내 포장마차가 많이 생겼는데 7-80년대 옛날 포장마차 분위기가 나도록 장식을 하기도 하고 실내에 실제 포장마차를 가져다 놓은 곳도 있습니다.

預估朗讀時間：1 分鐘 22 秒

🕐 **錄音以了解你花了多少時間朗讀！**

第一次	分	秒
第二次	分	秒
第三次	分	秒

⑭ 팥빙수 紅豆刨冰

1. 聽聽以下內容，注意有畫底線的文字。

한국인이 가장 좋아하는 여름 음식을 묻는 조사에서 빠지지
[조아하는]   [문는]

않는 대답 중 하나가 팥빙수입니다. 이러한 팥빙수의 인기를
[안는]   [팥삥수]   [인끼]

뒷받침하듯이 여름이 되면 대부분의 커피 전문점에서 팥빙수를
[뒫빧침/뒤빧침]

팔기 시작합니다.
        [시자캄니다]

팥빙수는 얼음의 시원함과 팥의 단맛이 어우러져 여름날 더위
        [시원함/시워남] [파테]

209

를 잊게 하는 음식인데 팥에다가 떡과 젤리, 아이스크림 등을 얹
[잍께]   [떡꽈]

어서 그 맛을 풍부하게 하기도 합니다. 최근에는 다양한 빙수 전
                                    [다양한/다양안]

문점이 생기면서 '빙수 전쟁'이라는 말이 나올 정도로 개성 있고

독특한 빙수들이 나오고 있습니다. 과거에는 얼음과 팥이 주재료
[독트칸]   [잍씀니다/이씀니다]   [파치]

였지만 시대의 흐름에 발맞추어 과일, 녹차, 커피, 초콜릿 등 다양

한 재료를 사용한 빙수가 등장해서 사람들의 입맛을 사로잡고 있
    [사용한/사용안] [등장해서/등장애서]   [임마슬]

습니다. 또한 얼음 대신 우유를 얼려서 갈아 만든 빙수는 '눈꽃 빙

수'라고도 하는데 부드럽고 입 안에서 잘 녹아서 아주 큰 인기를
            [부드럽꼬]

얻고 있습니다.

    남녀노소를 막론하고 사랑받는 팥빙수는 이제 빙수 전문점의
        [망논하고/망노나고] [사랑반는]

등장으로 한여름뿐만 아니라 추운 겨울에도 먹을 수 있게 되었습
        [한녀름]   [머글쑤읻께]

니다. 한국을 방문한 외국인들도 빙수 전문점을 즐겨 찾고 있으
        [방문한/방무난]

며 해외에 진출한 한국의 빙수 전문점도 인기를 얻고 있습니다.
        [진출한/진추란]

210

2. 練習下方的發音，仔細聆聽並跟著念。

激音化 p.58 ▶	시작합니다 [시자캄니다] 독특한 [독트칸]
ㅎ音脫落 p.66 ▶	좋아하는 [조아하는] 않는 [안는]
硬音化 p.72 ▶	팥빙수 [팓삥수] 인기 [인끼] 뒷받침 [뒫빧침] 잊게 [읻께] 떡과 [떡꽈] 있습니다 [읻씀니다] 부드럽고 [부드럽꼬] 먹을 수 있게 [머글쑤읻께]
口蓋音化 p.82 ▶	팥이 [파치]
鼻音化① p.88 ▶	묻는 [문는] 시작합니다 [시자캄니다] 있습니다 [읻씀니다] 입맛을 [임마슬] 사랑받는 [사랑반는]
鼻音化③ p.102 ▶	막론하고 [망논하고]
ㄴ添加 p.116 ▶	한여름 [한녀름]

3. 跟著音檔念，並留意要在「/」標記後停頓。

(1)

한국인이 가장 좋아하는 여름 음식을 묻는 조사에서 / 빠지지 않는 대답 중 하나가 팥빙수입니다. 이러한 팥빙수의 인기를 뒷받침하듯이 / **여름이 되면** / 대부분의 커피 전문점에서 팥빙수를 팔기 시작합니다.

- 雖然여름이 되면中間有空格，但是說的時候不要停頓，聽起來會比較自然。

(2)

팥빙수는 / 얼음의 시원함과 팥의 단맛이 **어우러져** / 여름날 더위를 잊게 하는 **음식인데** / 팥에다가 떡과 젤리, 아이스크림 등을 **얹어서** / 그 맛을 풍부하게 하기도 합니다.

- 針對主語팥빙수的描述就緊接在後，因此在팥빙수는之後一定要做一個停頓。
- 一個句子很長時，連接詞後一定要做一個停頓。因此在어우러져、음식인데和얹어서之後做停頓，聽起來會比較自然。

(3)

최근에는 다양한 빙수 전문점이 생기면서 / '빙수 전쟁'이라는 말이 나올 정도로 / 개성 있고 독특한 빙수들이 나오고 있습니다. 과거에는 얼음과 팥이 **주재료였지만** / 시대의 흐름에 **발맞추어** / **과일, 녹차, 커피, 초콜릿 등** / 다양한 재료를 사용한 빙수가 **등장해서** / 사람들의 입맛을 사로잡고 있습니다.

- 一個句子很長時，連接詞後一定要做一個停頓。因此在주재료였지만、발맞추어、和등장해서之後做停頓，聽起來會比較自然。
- 依序列出名詞時，例如과일、녹차、커피和초콜릿 等，在등之後做一個停頓，聽起來會比較自然。

(4)

또한 / 얼음 대신 **우유를 얼려서 갈아 만든 빙수는** / '눈꽃 빙수'라고도 하는데 / 부드럽고 입 안에서 잘 녹아서 아주 큰 인기를 얻고 있습니다.

- 在副詞또한之後必須有一個停頓，才能正確傳達後續的訊息。
- 우유를 얼려서 갈아 만든修飾主語빙수는，因此在這句話和主語之間一定不能停頓，主語之後有一個停頓。

(5)

남녀노소를 막론하고 사랑받는 팥빙수는 / 이제 빙수 전문점의 등장으로 / 한여름뿐만 아니라 추운 겨울에도 **먹을 수 있게** 되었습니다.

- 雖然먹을 수 있게中間有空格，但是說的時候不要停頓，聽起來會比較自然。

(6)

한국을 방문한 외국인들도 / 빙수 전문점을 즐겨 찾고 있으며 / 해외에 진출한 **한국의 빙수 전문점도** / 인기를 얻고 있습니다.

- 當한국을 방문한和외국인들도都沒有停頓，才能正確傳達句意。
- 雖然한국의 빙수 전문점도的中間有空格，但是說的時候不要停頓，聽起來會比較自然。

4. 跟著念下方文句時，注意發音、停頓和速度。

　　한국인이 가장 좋아하는 여름 음식을 묻는 조사에서 빠지지 않는 대답 중 하나가 팥빙수입니다. 이러한 팥빙수의 인기를 뒷받침하듯이 여름이 되면 대부분의 커피 전문점에서 팥빙수를 팔기 시작합니다.

　　팥빙수는 얼음의 시원함과 팥의 단맛이 어우러져 여름날 더위를 잊게 하는 음식인데 팥에다가 떡과 젤리, 아이스크림 등을 얹어서 그 맛을 풍부하게 하기도 합니다. 최근에는 다양한 빙수 전문점이 생기면서 "빙수 전쟁"이라는 말이 나올 정도로 개성 있고 독특한 빙수들이 나오고 있습니다. 과거에는 얼음과 팥이 주재료였지만 시대의 흐름에 발맞추어 과일, 녹차, 커피, 초콜릿 등 다양한 재료를 사용한 빙수가 등장해서 사람들의 입맛을 사로잡고 있습니다. 또한 얼음 대신 우유를 얼려서 갈아 만든 빙수는 "눈꽃 빙수"라고도 하는데 부드럽고 입 안에서 잘 녹아서 아주 큰 인기를 얻고 있습니다.

　　남녀노소를 막론하고 사랑받는 팥빙수는 이제 빙수 전문점의 등장으로 한여름뿐만 아니라 추운 겨울에도 먹을 수 있게 되었습니다. 한국을 방문한 외국인들도 빙수 전문점을 즐겨 찾고 있으며 해외에 진출한 한국의 빙수 전문점도 인기를 얻고 있습니다.

預估朗讀時間：1 分鐘 31 秒

⏱ 錄音以了解你花了多少時間朗讀！

第一次	分	秒
第二次	分	秒
第三次	分	秒

⑮ 군대 軍隊

1. 聆聽以下內容，注意有畫底線的文字。

　　한국 여자들이 싫어하는 이야기 3위는 군대 이야기, 2위는
　　[한궁녀자드리]　[시러하는]

축구 이야기, 그리고 1위는 군대에서 축구한 이야기라는 재미있는
[축꾸]　　　　　　　　　　　　　　　　　　　　　[재미인는]

말이 있다. 여자들은 군대 이야기를 지루해하지만 남자들은

생각날 때마다 "내가 군대에 있었을 때"로 시작되는 이야기를 꺼
[생강날 때]　　　　　　　　　　　　　　[시작뙤는]

낸다.

대한민국의 건강한 남자라면 누구나 국가와 사랑하는 가족을
[국까]

지킬 의무가 있다. 만 19세가 되면 입대가 가능하고 학업 등의 이
[입때]   [하겁뜽에]

유로 30세까지 연기할 수 있다.

입대를 하면 먼저 훈련소에서 5주간의 훈련을 받고 자신의 부
[훌련소]

대로 이동해서 육군은 21개월, 해군은 23개월, 공군은 24개월 동
[육꾸는]

안 나라를 지킨다.

해군 부대 중 하나인 해병대는 바다와 육지 어디에서나 싸울
[육찌]

수 있도록 훈련 받는다. 해병대에 들어가기도 쉽지 않고 훈련도
[쉽찌] [안코]

힘들기로 유명해서 해병대 출신들의 자부심이 대단하다.
[출씬드레]   [대단하다/대다나다]

요즘은 한류 스타가 많아지면서 국내 팬들뿐만 아니라 해외
[할류]   [마나지면서] [궁내]

팬들도 연예인들의 입대와 제대를 보러 현장에 찾아가고 있다.

군대에 가는 남자 연예인들은 사람들에게 잊혀질까 봐 불안해하
[이처질까봐]

기도 한다. 그러나 군 입대를 계기로 남자답고 강하다는 이미지
[남자답꼬]

가 생겨서 인기가 높아지는 경우도 있다.
[인끼]

2. 練習下方的發音，仔細聆聽並跟著念。

激音化 pg.58	않고 [안코] 잊혀질까 봐 [이쳐질까봐]	
ㅎ音脫落 pg.66	싫어하는 [시러하는] 많아지면서 [마나지면서]	
硬音化 pg.72	축구 [축꾸] 국가 [국까] 학업 등의 [하겁뜽에] 육지 [육찌] 남자답고 [남자답꼬]	시작되는 [시작뙤는] 입대 [입때] 육군은 [육꾸는] 출신들의 [출씬드레] 인기 [인끼]
鼻音化① pg.88	재미있는 [재미인는] 생각날 때 [생강날때] 국내 [궁내]	
流音化 pg.108	훈련소 [훌련소] 한류 [할류]	
ㄴ添加 pg.116	한국 여자들이 [한궁녀자드리]	

3. 跟著音檔念，並留意要在「/」標記後停頓。

(1)

> 한국 여자들이 싫어하는 이야기 3위는 / 군대 이야기, 2위는 축구 이야기, 그리고 1위는 / 군대에서 축구한 이야기라는 / 재미있는 말이 있다. 여자들은 군대 이야기를 지루해하지만 / 남자들은 생각날 때마다 / **"내가 군대에 있었을 때"로 시작되는 이야기** 를 꺼낸다.
>
> • 내가 군대에 있었을 때로 시작되는修飾後面的이야기，說的時候整段都不要停頓，才能正確傳達完整意義。

(2)

대한민국의 건강한 남자라면 누구나 / 국가와 사랑하는 가족을 지킬 의무가 있다. 만 19세가 되면 입대가 가능하고 / 학업 등의 이유로 / 30세까지 연기할 수 있다.

- 在누구나之後一定要有一個停頓，才能清楚表示這句話要描述的對象。

(3)

입대를 하면 먼저 / 훈련소에서 5주간의 훈련을 받고 / 자신의 부대로 이동해서 / 육군은 21개월, 해군은 23개월, 공군은 24개월 동안 나라를 지킨다. 해군 부대 중 하나인 **해병대는** / 바다와 육지 / 어디에서나 싸울 수 있도록 훈련 받는다. 해병대에 들어가기도 **쉽지 않고** / 훈련도 힘들기로 **유명해서** / 해병대 출신들의 자부심이 대단하다.

- 針對主語해병대的描述就緊接在後，因此在해병대는之後一定要做一個停頓。
- 一個句子很長時，連接詞後一定要稍做停頓。因此在쉽지 않고和유명해서之後做一個停頓，聽起來會比較自然。

(4)

요즘은 한류 스타가 많아지면서 / 국내 팬들뿐만 아니라 해외 팬들도 / 연예인들의 입대와 제대를 보러 현장에 찾아가고 있다. 군대에 가는 남자 연예인들은 / 사람들에게 **잊혀질까 봐** 불안해하기도 한다. 그러나 군 입대를 계기로 / 남자답고 강하다는 이미지가 생겨서 / 인기가 높아지는 경우도 있다.

- 雖然잊혀질까 봐的中間有空格，但說的時候不要停頓，聽起來比較自然。

4. 跟著念下方文句時，注意發音、停頓和速度。

　　한국 여자들이 싫어하는 이야기 3위는 군대 이야기, 2위는 축구 이야기, 그리고 1위는 군대에서 축구한 이야기라는 재미있는 말이 있다. 여자들은 군대 이야기를 지루해하지만 남자들은 생각날 때마다 "내가 군대에 있었을 때"로 시작되는 이야기를 꺼낸다.

　　대한민국의 건강한 남자라면 누구나 국가와 사랑하는 가족을 지킬 의무가 있다. 만 19세가 되면 입대가 가능하고 학업 등의 이유로 30세까지 연기할 수 있다. 입대를 하면 먼저 훈련소에서 5주간의 훈련을 받고 자신의 부대로 이동해서 육군은 21개월, 해군은 23개월, 공군은 24개월 동안 나라를 지킨다.

　　해군 부대 중 하나인 해병대는 바다와 육지 어디에서나 싸울 수 있도록 훈련받는다. 해병대에 들어가기도 쉽지 않고 훈련도 힘들기로 유명해서 해병대 출신들의 자부심이 대단하다.

　　요즘은 한류 스타가 많아지면서 국내 팬들뿐만 아니라 해외 팬들도 연예인들의 입대와 제대를 보러 현장에 찾아가고 있다. 군대에 가는 남자 연예인들은 사람들에게 잊혀질까 봐 불안해하기도 한다. 그러나 군 입대를 계기로 남자답고 강하다는 이미지가 생겨서 인기가 높아지는 경우도 있다.

預估朗讀時間：1 分鐘 34 秒

🕐 錄音以了解你花了多少時間朗讀！

第一次	分	秒
第二次	分	秒
第三次	分	秒

⑯ 야구 응원 문화 棒球應援文化

1. 聆聽以下內容，注意有畫底線的文字。

한국 사람들은 야구장에 가면 <u>조용히</u> 야구만 보는 게 아니라
　　　　　　　　　　　　　[조용히/조용이]

다 같이 응원에 참여하며 음식도 먹고 신나게 야구를 <u>관람</u>한다.
[다가치]　　　　　　　　　　　　　　　　　　　　　　　[괄람]

단체로 부르는 응원가도 <u>빼놓을 수 없는데</u> 팀 응원가와 선수 응원
　　　　　　　　　　　[빼노을쑤] [엄는데]

가가 따로 있고 <u>열정적인</u> 야구팬들은 모두 따라 부른다. 경기 중
　　　　　　　[열쩡저긴]

에는 응원을 하느라 바쁘고 <u>공격과</u> 수비가 바뀌는 쉬는 시간에는
　　　　　　　　　　　　　[공격꽈]

춤 대결, 키스 타임 등 여러 가지 행사가 있어서 야구장에서 보내

는 시간은 지루할 틈이 없다.
　　　　　　　[업따]

　여러 지역 중 부산의 야구 사랑은 특히 유명한데 부산에서는
　　　　　　　　　　　　　　[트키]

종교의 자유는 있지만 야구 팀을 선택할 자유는 없다는 농담까지
　　　[읻찌만]　　　　　　[선태칼]

있다. 부산 사투리로 응원 구호를 외치고 주황색 봉지를 머리에

쓰고 신문지로 꽃잎을 만들어 흔드는 관중들을 보면 부산 사람들
　　　　　[꼰니플]

의 홈 팀인 롯데 자이언츠에 대한 사랑이 느껴진다.

　야구를 좋아하든 안 좋아하든 볼거리, 먹을거리가 많은 야구
　　　　　　　　　　　　　　[볼꺼리]　[머글꺼리]

장에 가서 흥겹게 응원도 하고 맛있는 것도 먹으면서 못 잊을 추
　　　[흥겹께]　　　　　　　[마신는] [걷또]　　　　　[몬니즐]

억을 쌓을 수 있을 것이다.
　　[싸을]

2. 練習下方的發音，仔細聆聽並跟著念。

激音化 p.58	특히[트키] 선택할[선태칼]
ㅎ音脱落 p.66	빼놓을[빼노을] 쌓을[싸을]
硬音化 p.72	열정적인[열쩡저긴] 공격과[공격꽈] 없다[업따] 있지만[읻찌만] 볼거리[볼꺼리] 먹을거리[먹을꺼리] 흥겹게[흥겹께] 것도[걷또]
口蓋音化 p.82	같이[가치]
鼻音化① p.88	없는데[엄는데] 맛있는[마신는]
流音化 p.108	관람[괄람]
ㄴ添加 p.116	꽃잎을[꼰니플] 못 잊을[몬니즐]

3. 跟著音檔念，並留意要在「 / 」標記後停頓。

(1)

한국 사람들은 야구장에 가면 / 조용히 야구만 보는 게 아니라 / 다 같이 응원에 참여하며 / 음식도 먹고 신나게 야구를 **관람한다** .

- 請小心不要將관람[괄람]念為[과람]。

(2)

단체로 부르는 응원가도 **빼놓을 수 없는데** / 팀 응원가와 선수 응원가가 따로 있고 / 열정적인 야구팬들은 / 모두 따라 부른다.

- 雖然빼놓을 수 없는데之間有空格，但說話時不要停頓，聽起來會比較自然。

(3)

경기 중에는 응원을 하느라 **바쁘고** / **공격과 수비가 바뀌는 쉬는 시간에는** / 춤 대결, 키스 타임 등 여러 가지 행사가 **있어서** / 야구장에서 보내는 시간은 지루할 틈이 없다.

- 當句子很長時，連接詞後面應該要稍做停頓。因此在바쁘고和있어서 之後稍做停頓，聽起來會比較自然。
- 공격과 수비가 바뀌는修飾主語쉬는 시간에는，因此在整段中間不可 停頓，才能正確傳達意義。

(4)

여러 지역 중 부산의 야구 사랑은 특히 유명한데 / **부산에서는 종교의 자유는 있지만** / **야구 팀을 선택할 자유는 없다는 농담**까지 있다.

- 부산에서는 종교의 자유는 있지만 야구 팀을 선택할 자유는 없다는修飾 농담，因此整段中間不可停頓，才能正確傳達意義。

(5)

부산 사투리로 응원 구호를 **외치고** / 주황색 봉지를 머리에 **쓰고** / **신문지로 꽃잎을 만들어 흔드는 관중들을 보면** / 부산 사람들의 홈 팀인 롯데 자이언츠에 대한 사랑이 느껴진다.

- 當句子很長時，連接詞後面應該要稍做停頓。因此在외치고、쓰고和 보면之後停頓一下，聽起來會比較自然。
- 신문지로 꽃잎을 만들어 흔드는修飾後方的관중들을，因此整段話中間 不可停頓，才能正確傳達意義。

(6)

야구를 **좋아하든 안 좋아하든** / **볼거리, 먹을거리가 많은 야구장**에 가서 / 흥겹게 응원도 하고 맛있는 것도 먹으면서 / **못 잊을** 추억을 쌓을 수 있을 것이다.

- 說안 좋아하든時不要停頓，聽起來會比較自然。
- 볼거리和먹을거리가 많은修飾後方的야구장에，整段話中間不要停頓 才能正確傳達意義。
- 如果依照空格一字一字慢慢說，못 잊을也許會被念成[모디즐]，但快 速讀為[몬니즐]，聽起來會更加自然流暢。

4. 跟著念下方文句時，注意發音、停頓和速度。

한국 사람들은 야구장에 가면 조용히 야구만 보는 게 아니라 다 같이 응원에 참여하며 음식도 먹고 신나게 야구를 관람한다. 단체로 부르는 응원가도 빼놓을 수 없는데 팀 응원가와 선수 응원가가 따로 있고 열정적인 야구팬들은 모두 따라 부른다. 경기 중에는 응원을 하느라 바쁘고 공격과 수비가 바뀌는 쉬는 시간에는 춤 대결, 키스 타임 등 여러 가지 행사가 있어서 야구장에서 보내는 시간은 지루할 틈이 없다.

여러 지역 중 부산의 야구 사랑은 특히 유명한데 부산에서는 종교의 자유는 있지만 야구 팀을 선택할 자유는 없다는 농담까지 있다. 부산 사투리로 응원 구호를 외치고 주황색 봉지를 머리에 쓰고 신문지로 꽃잎을 만들어 흔드는 관중들을 보면 부산 사람들의 홈 팀인 롯데 자이언츠에 대한 사랑이 느껴진다.

야구를 좋아하든 안 좋아하든 볼거리, 먹을거리가 많은 야구장에 가서 흥겹게 응원도 하고 맛있는 것도 먹으면서 못 잊을 추억을 쌓을 수 있을 것이다.

預估朗讀時間：1 分鐘 16 秒

🕐 **錄音以了解你花了多少時間朗讀！**

第一次	分	秒
第二次	分	秒
第三次	分	秒

⑰ 치킨과 맥주 炸雞和啤酒

1. 聆聽以下內容，注意有畫底線的文字。

몇 년 전부터 치킨을 이야기할 때 자연스럽게 맥주를 떠올리
[면년]   [맥쭈]

게 됩니다. 치킨과 맥주를 줄여 부르는 '치맥'이라는 단어는 이제

많은 사람들이 그 뜻을 알고 있습니다. 시원한 맥주와 고소한 치
[마는]

킨의 만남은 많은 사람들에게 환영을 받습니다.
[받씀니다/바씀니다]

치킨은 한국인들이 가장 자주 배달해 먹는 음식이며 전국의
[멍는]

치킨 전문점 수는 3만 여 곳에 이른다고 합니다. 언제 어디서나
[삼마녀] [고세]

쉽게 먹을 수 있는 치킨은 맥주를 마실 때도 함께 먹기에 좋은 음
[쉽께] [머글쑤인는]   [먹끼]   [조은]

식으로 꾸준히 사랑받고 있습니다. 고소한 프라이드치킨도 맛있
[꾸준히/꾸주니] [사랑받꼬]

지만 1980년대에 등장한 양념치킨도 인기 메뉴 중 하나입니다.
   [천구백팔씸년대]   [인끼]

고추장으로 만든 매콤하고 달콤한 양념 맛은 전 국민의 입맛을 사
        [매콤하고달콤한/매코마고달코만]   [전궁미네] [임마슬]

로잡았습니다.

   치킨과 맥주를 같이 먹는 문화는 외국인들에게도 사랑을 받고
        [가치]   [문화/무놔]

있습니다. 많은 외국인 유학생들이 한국의 음식 문화 중에서

'치맥'을 인상 깊고 좋아하는 문화로 꼽습니다.
      [인상깁꼬] [조아하는]   [꼽씀니다]

   높은 시청률을 기록했던 드라마 '별에서 온 그대'에서는 여주
      [시청뉴를] [기로캗떤]

인공이 '치맥'에 대한 애정을 드러내면서 치킨과 맥주를 먹는 장

면이 나옵니다. 그 드라마의 영향으로 해외에서는 치맥 열풍이
            [영향/영양]   [치맹녈풍]

불기도 했습니다.

2. 練習下方的發音，仔細聆聽並跟著念。

激音化 p.58	기록했던 [기로캗떤]
ㅎ音脫落 p.66	많은 [마는] 좋은 [조은] 좋아하는 [조아하는]
硬音化 p.72	맥주 [맥쭈] 받습니다 [받씀니다] 쉽게 [쉽께] 먹을 수 있는 [머글쑤인는] 먹기 [먹끼] 사랑받고 [사랑받꼬] 인기 [인끼] 인상 깊고 [인상깁꼬] 꼽습니다 [꼽씀니다] 기록했던 [기로캗떤]
口蓋音化 p.82	같이[가치]
鼻音化① p.88	몇 년 [면년] 받습니다 [받씀니다] 먹는 [멍는] 먹을 수 있는 [머글쑤인는] 1980년대 [천구백팔씸년대] 전국민의 [전궁미네] 입맛을 [임마슬] 꼽습니다 [꼽씀니다]
鼻音化② p.96	시청률을 [시청뉴를]
ㄴ添加 p.116	치맥 열풍 [치맹녈풍]

228

3. 跟著音檔念，並留意要在「 / 」標記後停頓。

(1)

> **몇 년 전부터** 치킨을 이야기할 때 / 자연스럽게 맥주를 떠올리게 됩니다.
>
> - 雖然몇 년 전부터的中間有空格，但是說的時候不要停頓，聽起來會比較自然。

(2)

> **치킨과 맥주를 줄여 부르는 '치맥'이라는 단어는** / 이제 많은 사람들이 그 뜻을 알고 있습니다. 시원한 맥주와 고소한 치킨의 만남은 / 많은 사람들에게 환영을 받습니다.
>
> - 치킨과 맥주를 줄여 부르는修飾主語치맥，因此在說치킨과 맥주를 줄여 부르는和치맥時，中間不要停頓才能正確傳達意義。

(3)

> 치킨은 / 한국인들이 가장 자주 배달해 먹는 음식이며 / 전국의 치킨 전문점 수는 / **3만 여 곳에** 이른다고 합니다. 언제 어디서나 쉽게 **먹을 수 있는** 치킨은 / 맥주를 마실 때도 함께 먹기에 좋은 음식으로 / 꾸준히 사랑받고 있습니다.
>
> - 雖然3만 여 곳에和먹을 수 있는中間有空格，但是說這些字詞的時候不要停頓，聽起來比較自然。

(4)

고소한 프라이드치킨도 맛있지만 / 1980년대에 등장한 양념치킨도 / 인기 메뉴 중 하나입니다. **고추장으로 만든 매콤하고 달콤한 양념 맛은** / **전 국민의** 입맛을 사로잡았습니다.

- 고추장으로 만든修飾後面的매콤하고 달콤한 양념 맛은，說的時候고 추장으로 만든和매콤하고 달콤한 양념 맛은都不要停頓，才能正確傳 達意義。
- 雖然전 국민의的中間有空格，但是說的時候不要停頓，聽起來會比 較自然。

(5)

치킨과 맥주를 같이 먹는 문화는 / 외국인들에게도 사랑을 받고 있습니다. 많은 외국인 유학생들이 / 한국의 음식 문화 중에서 '치맥'을 / 인상 깊고 좋아하는 문화로 꼽습니다.
높은 시청률을 기록했던 드라마 '별에서 온 그대'에서는 / 여주인공이 '치맥'에 대한 애정을 드러내면서 / 치킨과 맥주를 먹는 장면이 나옵니다. 그 드라마의 영향으로 / 해외에서는 치맥 열풍이 불기도 했습니다.

- 치킨과 맥주를 같이 먹는修飾主語문화는，因此在說這段話時，前面 的修飾語和主語之間一定不能有停頓，停頓要停在主語之後。

4. 跟著念下方文句時，注意發音、停頓和速度。

몇 년 전부터 치킨을 이야기할 때 자연스럽게 맥주를 떠올리게 됩니다. 치킨과 맥주를 줄여 부르는 '치맥'이라는 단어는 이제 많은 사람들이 그 뜻을 알고 있습니다. 시원한 맥주와 고소한 치킨의 만남은 많은 사람들에게 환영을 받습니다.

치킨은 한국인들이 가장 자주 배달해 먹는 음식이며 전국의 치킨 전문점 수는 3만 여 곳에 이른다고 합니다. 언세 어디서나 쉽게 먹을 수 있는 치킨은 맥주를 마실 때도 함께 먹기에 좋은 음식으로 꾸준히 사랑받고 있습니다. 고소한 프라이드치킨도 맛있지만 1980년대에 등장한 양념치킨도 인기 메뉴 중 하나입니다. 고추장으로 만든 매콤하고 달콤한 양념 맛은 전 국민의 입맛을 사로잡았습니다.

치킨과 맥주를 같이 먹는 문화는 외국인들에게도 사랑을 받고 있습니다. 많은 외국인 유학생들이 한국의 음식 문화 중에서 '치맥'을 인상 깊고 좋아하는 문화로 꼽습니다.

높은 시청률을 기록했던 드라마 '별에서 온 그대'에서는 여주인공이 '치맥'에 대한 애정을 드러내면서 치킨과 맥주를 먹는 장면이 나옵니다. 그 드라마의 영향으로 해외에서는 치맥 열풍이 불기도 했습니다.

預估朗讀時間：1 分鐘 33 秒

🕐 **錄音以了解你花了多少時間朗讀！**

第一次	分	秒
第二次	分	秒
第三次	分	秒

⑱ 요리하는 남자 下廚的男人

1. 聆聽以下內容，注意有畫底線的文字。

　　전통적인 사고방식의 <u>변화</u> 중 하나는 '<u>바깥일</u>은 남자, <u>집안일</u>은
　　　　　　　　　　　　[변화/벼놔]　　　　　　　[바깐니른]　　　　　　[지반니른]

여자'라는 생각이 사라지고 있는 것이다. 집안일 중에서도 요리는

여자들의 <u>몫이라는</u> 생각이 강했지만 지금은 TV에서도 요리하는
　　　　　[목씨라는]

남자들이 많이 나오고 남자가 요리를 하면 멋있다고 느끼는 사람

도 많아졌다.

전에는 여자 요리사가 나와서 요리법과 음식 정보를 전달하거나
[요리뺍]   [전달하거나/전다라거나]

연예인들이 맛집을 찾는 프로그램이 대부분이었다. 그런데 요즘
[맏찌블] [찬는]

은 옆집 아저씨 같은 남자가 익숙한 재료로 쉽게 만들어 먹는
[익쑤칸]   [멍는]

집밥을 소개하거나 남자 요리사들이 근사한 음식을 만드는 등 프
[집빱]

로그램의 종류가 다양해졌다. 드라마에서도 남자들이 직접 요리
[종뉴]   [직쩝]

하는 장면을 많이 볼 수 있고 그에 따라 요리사라는 직업에 대한

호감도 높아지고 있다.

옛날에는 요리사가 되려는 사람들이나 결혼을 앞둔 여자들이 학
[압뚠]

원에서 요리를 배웠지만 요즘은 30대부터 60대까지 다양한 연령대
[열령때에]

의 남자들이 요리를 배우고 있다. 특히 아버지들의 변화가 눈에 띈
[트키]   [띈다]

다. 일만 열심히 하면 된다고 생각했던 아버지들이 요리를 통해 가
[생가캗떤]

족들에게 더 가까이 다가가고 사랑을 표현하려는 노력을 하고 있다.

이제 요리는 더 이상 여자들만의 일이 아니라 남녀 모두의 평범한
[평범한/평버만]

일상이 아닐까?
[일쌍]

2. 練習下方的發音，仔細聆聽並跟著念。

激音化 p.58 ▶	익숙한[익쑤칸] 특히[트키] 생각했던[생가캗떤]
ㅎ音脫落 p.66 ▶	많이[마니]
硬音化 p.72 ▶	요리법[요리뻡] 맛집을[맏찌블] 쉽게[쉽께] 직접[직쩝] 집밥[집빱] 앞둔[압뚠] 연령대에[열령때에] 생각했던[생가캗떤] 일상[일쌍]
鼻音化① p.88 ▶	찾는[찬는] 먹는[멍는]
鼻音化② p.96 ▶	종류[종뉴]
流音化 p.108 ▶	연령대에[열령때에]
ㄴ添加 p.116 ▶	바깥일[바깐닐] 집안일[지반닐]

3. 跟著音檔念，並留意要在「／」標記後停頓。

(1)

전통적인 사고방식의 변화 중 하나는 ／ **'바깥일은 남자, 집안일은 여자'라는 생각이** ／ 사라지고 있는 것이다.

- 바깥일은 남자, 집안일은 여자라는修飾後面的생각이，說的時候整段都不要停頓，才能正確傳達意義。

(2)

집안일 중에서도 ／ 요리는 여자들의 몫이라는 생각이 강했지만 ／ 지금은 TV에서도 요리하는 남자들이 많이 나오고 ／ 남자가 요리를 하면 멋있다고 느끼는 사람도 많아졌다.

- 雖然집안일 중에서도的中間有空格，但是說的時候不要停頓，聽起來會比較自然。

(3)

전에는 ／ 여자 요리사가 나와서 요리법과 음식 정보를 **전달하거나** ／ 연예인들이 맛집을 찾는 프로그램이 대부분이었다. 그런데 **요즘은** ／ 옆집 아저씨 같은 남자가 ／ 익숙한 재료로 쉽게 만들어 먹는 집밥을 **소개하거나** ／ 남자 요리사들이 근사한 음식을 만드는 등 ／ 프로그램의 종류가 다양해졌다. 드라마에서도 ／ 남자들이 직접 요리하는 장면을 많이 볼 수 있고 ／ 그에 따라 요리사라는 직업에 대한 호감도 높아지고 있다.

- 在전에는和요즘은之後稍做停頓，這兩個相對的內容才能被確實表達。
- 一個句子很長時，連接詞後一定要稍做停頓。因此在전달하거나和소개하거나之後停頓一下，聽起來會比較自然。

(4)

> **옛날에는** / **요리사가 되려는 사람들이나 결혼을 앞둔 여자들이** / 학원에서 요리를 배웠지만 / **요즘은** / 30대부터 60대까지 다양한 **연령** 대의 남자들이 / 요리를 배우고 있다.

- 在옛날에는和요즘은之後稍做停頓，這兩個相對的內容才能被確實表達。
- 一個主語很長時，例如요리사가 되려는 사람들이나 결혼을 앞둔 여자들이，說這句話時不要停頓，才能表示這是主語。
- 請小心연령[열령]不要發音為[여령]。

(5)

> 특히 아버지들의 변화가 눈에 띈다. **일만 열심히 하면 된다고 생각했던 아버지들이** / 요리를 통해 / 가족들에게 더 가까이 다가가고 / 사랑을 표현하려는 노력을 하고 있다. 이제 요리는 / **더 이상** 여자들만의 일이 아니라 / 남녀 모두의 평범한 일상이 아닐까?

- 일만 열심히 하면 된다고 생각했던修飾後面的아버지들이，說的時候中間不要停頓，才能正確傳達句意。
- 說더 이상的時候不要停頓，聽起來會比較自然。

4. 跟著念下方文句時，注意發音、停頓和速度。

　　전통적인 사고방식의 변화 중 하나는 '바깥일은 남자, 집안일은 여자'라는 생각이 사라지고 있는 것이다. 집안일 중에서도 요리는 여자들의 몫이라는 생각이 강했지만 지금은 TV에서도 요리하는 남자들이 많이 나오고 남자가 요리를 하면 멋있다고 느끼는 사람도 많아졌다.

　　전에는 여자 요리사가 나와서 요리법과 음식 정보를 전달하거나 연예인들이 맛집을 찾는 프로그램이 대부분이었다. 그런네 요즘은 옆집 아저씨 같은 남자가 익숙한 재료로 쉽게 만들어 먹는 집밥을 소개하거나 남자 요리사들이 근사한 음식을 만드는 등 프로그램의 종류가 다양해졌다. 드라마에서도 남자들이 직접 요리하는 장면을 많이 볼 수 있고 그에 따라 요리사라는 직업에 대한 호감도 높아지고 있다.

　　옛날에는 요리사가 되려는 사람들이나 결혼을 앞둔 여자들이 학원에서 요리를 배웠지만 요즘은 30대부터 60대까지 다양한 연령대의 남자들이 요리를 배우고 있다. 특히 아버지들의 변화가 눈에 띈다. 일만 열심히 하면 된다고 생각했던 아버지들이 요리를 통해 가족들에게 더 가까이 다가가고 사랑을 표현하려는 노력을 하고 있다. 이제 요리는 더 이상 여자들만의 일이 아니라 남녀 모두의 평범한 일상이 아닐까?

預估朗讀時間：1 分鐘 32 秒

⏱ **錄音以了解你花了多少時間朗讀！**

第一次	分	秒
第二次	分	秒
第三次	分	秒

⑲ 아줌마 파마 大嬸燙髮

1. 聆聽以下內容，注意有畫底線的文字。

한국 아줌마들을 <u>몇 명</u> 본 외국인들은 왜 다들 <u>똑같은</u> 머리 모
[면명]   [똑까튼]

양을 하고 있는지 <u>궁금해한다</u>. <u>확실히</u> 한국의 아줌마나 할머니들
          [궁금해한다] [확씰히/확씨리]

중에는 '아줌마 파마'라고 불리는 짧은 파마 머리를 한 사람이

<u>많다</u>. 한국에서는 <u>1937년</u>부터 파마를 하기 <u>시작했으며</u> 지금까지
[만타]   [천구백삼십칠련]   [시자캐쓰며]

기술도 <u>발전</u>하고 <u>종류</u>도 <u>다양해졌다</u>. 여러 파마가 <u>있지만</u> 그래도
     [발쩐]   [종뉴]   [다양해젇따]   [읻찌만]

한국에서 오랫동안 사랑을 받은 파마는 '아줌마 파마'일 것이다.
[오랟똥안]

'아줌마 파마'의 가장 큰 장점은 미용실에 자주 가지 않아도
[장쩌믄]   [아나도]

되는 것이다. 최대한 뽀글뽀글한 모양이 나오도록 말아주면
[뽀글뽀글한/뽀글뽀그란]

6개월에서 1년 정도까지는 풀리지 않기 때문에 돈을 절약할 수
[육깨워레서] [일련]   [안키]   [저랴칼쑤읻따]

있다. 그리고 '아줌마 파마'는 머리숱이 많아 보여서 나이 든 사람
[읻따]   [머리수치] [마나]

들도 좋아하고 손질하기도 쉽다.
[조아하고]

알뜰한 옛날 어머니들의 선택은 '아줌마 파마'였다. 그러나 요
[알뜰한/알뜨란] [옌날]

즘의 젊은 주부들은 더 이상 '아줌마 파마'만을 고집하지 않는다.
[고지파지]

외모에도 신경 쓰고 취향에 맞는 다양한 머리 모양을 선택하고 있
[만는]   [선태카고]

다. '아줌마 파마'라는 말은 이제 몇 년이 더 지나면 듣기 어려워질
[면녀니]   [듣끼] [어려워질찌도]

지도 모르겠다.
[모르겓따]

2. 練習下方的發音，仔細聆聽並跟著念。

激音化 p.58	많다[만타] 시작했으며[시자캐쓰며] 않기[안키] 절약할 수 있다[저랴칼쑤읻따] 고집하지[고지파지] 선택하고[선태카고]
ㅎ音脫落 p.66	않아도[아나도] 많아[마나] 좋아하고[조아하고]
硬音化 p.72	똑같은[똑까튼] 확실히[확씰히] 발전하고[발쩐하고] 다양해졌다[다양해젇따] 있지만[읻찌만] 오랫동안[오랟똥안] 장점은[장쩌믄] 6개월에서[육깨워레서] 절약할 수 있다[저랴칼쑤읻따] 듣기[듣끼] 어려워질지도[어려워질찌도] 모르겠다[모르겓따]
口蓋音化 p.82	머리숱이[머리수치]
鼻音化① p.88	몇 명[면명] 옛날[옌날] 맞는[만는] 몇 년이[면녀니]
鼻音化② p.96	종류[종뉴]
流音化 p.108	1937년[천구백삼십칠련] 1년[일련]

3. 跟著音檔念，並留意要在「 / 」標記後停頓。

(1)

한국 아줌마들을 몇 명 본 외국인들은 / 왜 다들 똑같은 머리 모양을 하고 있는지 궁금해한다. 확실히 한국의 아줌마나 할머니들 중에는 / '아줌마 파마'라고 불리는 / 짧은 파마머리를 한 사람이 많다.

- 한국 아줌마들을 몇 명 본修飾主語외국인들은，因此在句子和主語間不要停頓，並在主語之後做一個停頓。

(2)

한국에서는 1937년부터 파마를 하기 시작했으며 / 지금까지 기술도 발전하고 종류도 다양해졌다. 여러 파마가 있지만 / 그래도 한국에서 **오랫동안 사랑을 받은 파마는** / '아줌마 파마'일 것이다.

- 오랫동안 사랑을 받은修飾主語파마는，因此在句子和主語間不要停頓，並在主語之後做一個停頓。

(3)

'아줌마 파마'의 가장 큰 장점은 / 미용실에 자주 가지 않아도 되는 것이다. 최대한 뽀글뽀글한 모양이 나오도록 **말아 주면** / 6개월에서 1년 정도까지는 **풀리지 않기 때문에** / 돈을 절약할 수 있다. 그리고 '아줌마 파마'는 머리숱이 많아 보여서 / 나이 든 사람들도 좋아하고 / 손질하기도 쉽다.

- 當句子很長時，連接詞後面應該要稍做停頓。因此在말아 주면和풀리지 않기 때문에之後停頓一下，聽起來會比較自然。

(4)

알뜰한 옛날 어머니들의 선택은 / '아줌마 파마'였다. 그러나 요즘의 젊은 주부들은 / **더 이상** 아줌마 파마만을 고집하지 않는다.

- 雖然더 이상的中間有空格，但是說的時候不要停頓，聽起來會比較自然。

(5)

외모에도 신경 쓰고 / **취향에 맞는 다양한 머리 모양을** 선택하고 있다. '아줌마 파마'라는 말은 / 이제 몇 년이 더 지나면 / 듣기 어려워질지도 모르겠다.

- 취향에 맞는修飾後面的다양한 머리 모양，因此在說취향에 맞는和다양한 머리 모양을的時候，中間不要停頓才能正確傳達句意。

4. 跟著念下方文句時，請注意發音、停頓和速度。

한국 아줌마들을 몇 명 본 외국인들은 왜 다들 똑같은 머리 모양을 하고 있는지 궁금해한다. 확실히 한국의 아줌마나 할머니들 중에는 '아줌마 파마'라고 불리는 짧은 파마머리를 한 사람이 많다. 한국에서는 1937년부터 파마를 하기 시작했으며 지금까지 기술도 발전하고 종류도 다양해졌다. 여러 파마가 있지만 그래도 한국에서 오랫동안 사랑을 받은 파마는 '아줌마 파마'일 것이다.

'아줌마 피미'의 가장 큰 장짐은 미용실에 사주 가지 않아도 되는 것이다. 최대한 뽀글뽀글한 모양이 나오도록 말아주면 6개월에서 1년 정도까지는 풀리지 않기 때문에 돈을 절약할 수 있다. 그리고 '아줌마 파마'는 머리숱이 많아 보여서 나이 든 사람들도 좋아하고 손질하기도 쉽다.

알뜰한 옛날 어머니들의 선택은 '아줌마 파마'였다. 그러나 요즘의 젊은 주부들은 더 이상 '아줌마 파마'만을 고집하지 않는다. 외모에도 신경 쓰고 취향에 맞는 다양한 머리 모양을 선택하고 있다. '아줌마 파마'라는 말은 이제 몇 년이 더 지나면 듣기 어려워질지도 모르겠다.

預估朗讀時間：1 分鐘 26 秒

🕐 錄音以了解你花了多少時間朗讀！

第一次	分	秒
第二次	分	秒
第三次	分	秒

⑳ 데이 문화 節日文化

1. 聆聽以下內容，注意有畫底線的文字。

한국에는 달력에 나오지 않는 특별한 날들이 있습니다. 밸런
　　　　　　　　　　　　[안는]　[특뻴한/특뼈란]　[읻씀니다/이씀니다]

타인데이와 화이트데이, 블랙데이, 빼빼로데이 등이 그렇습니다.
　　　　　　　　　　　　　　　　　　　　　　　[그러씀니다]

2월 14일 밸런타인데이에는 보통 사랑하는 사람끼리 선물이
　　　　　　　　　　　　　　　　　[사랑하는/사랑아는]

나 카드를 주고받는데 한국에서는 좀 다릅니다. 밸런타인데이에
　　　　　　　[주고반는데]

여자는 좋아하는 남자에게 초콜릿을 선물로 줍니다. 그리고 초콜
　　　　　　[조아하는]

릿을 받은 남자는 3월 14일에 여자에게 사탕을 선물합니다. 이
　　　　　　　　　　　　　　　　　　　　　　　[선물함니다/선무람니다]

날이 바로 화이트데이입니다. 그래서 밸런타인데이와 화이트데

이에는 초콜릿 상자나 사탕 바구니를 들고 있는 연인들을 곳곳에서
[곧꼬세서]

볼 수 있습니다. 밸런타인데이와 화이트데이는 연인들을 위한 날
[볼쑤]

이지만 이 날 직장 동료나 친구들에게 초콜릿이나 사탕을 주기도
[직짱][동뇨]

합니다.

그리고 연인이 없는 사람을 위한 날도 있습니다. 바로 4월 14
[엄는]

일 블랙데이입니다. 블랙데이는 연인이 없는 사람들끼리 짜장면

을 먹는 날입니다. 검은색 음식인 짜장면을 먹으며 외롭고 우울한
[멍는]   [외롭꼬] [우울한/
                                                       우우란]
마음을 달랜다는 뜻일 겁니다.

한편 숫자와 관련해서 생긴 기념일도 있습니다. 11월 11일 빼
[숟짜] [괄련해서/괄려내서]

빼로데이가 그렇습니다. 이 날은 친구나 연인들이 '빼빼로'라는

과자를 주고받는 기념일인데 숫자1이 길쭉한 빼빼로 모양을 닮은
[길쭈칸]

데서 유래한 것입니다. 이 외에 삼겹살과 발음이 비슷해서 삼겹
[삼겹쌀]   [비스태서]

살을 먹는다는 3월 3일 삼겹살데이도 있습니다.

2. 練習下方的發音，仔細聆聽並跟著念。

激音化 p.58	길쭉한 [길쭈칸] 비슷해서 [비스태서]
ㅎ 音脫落 p.66	않는 [안는] 좋아하는 [조아하는]
硬音化 p.72	특별한 [특뼐한] 있습니다 [읻씀니다] 그렇습니다 [그러씀니다] 곳곳에서 [곧꼬세서] 볼 수 [볼쑤] 직장 [직짱] 외롭고 [외롭꼬] 숫자 [숟짜] 삼겹살 [삼겹쌀]
鼻音化① p.88	있습니다 [읻씀니다] 그렇습니다 [그러씀니다] 주고받는데 [주고받는데] 선물합니다 [선물함니다] 없는 [엄는] 먹는 [멍는]
鼻音化② p.96	동료 [동뇨]
流音化 p.108	관련해서 [괄련해서]

3. 跟著音檔念，並留意要在「／」標記後停頓。

(1)

한국에는 ／ **달력에 나오지 않는 특별한 날들이** 있습니다. 밸런타인데이와 화이트데이, 블랙데이, 빼빼로데이 등이 그렇습니다.

- 달력에 나오지 않는修飾主語특별한 날들이，因此說這句話和主語時，中間不要停頓才能正確傳達句意。

(2)

2월 14일 밸런타인데이에는 ／ 보통 사랑하는 사람끼리 선물이나 카드를 주고받는데 ／ 한국에서는 좀 다릅니다. 밸런타인데이에 여자는 ／ 좋아하는 남자에게 초콜릿을 선물로 줍니다. 그리고 **초콜릿을 받은 남자는** ／ 3월 14일에 여자에게 사탕을 선물합니다. 이 날이 바로 화이트데이입니다.

- 說초콜릿을 받은 남자는的時候不要停頓，在主語남자는之後再稍做停頓。

(3)

그래서 밸런타인데이와 화이트데이에는 ／ **초콜릿 상자나 사탕 바구니를 들고 있는 연인들을** ／ 곳곳에서 볼 수 있습니다. 밸런타인데이와 화이트데이는 연인들을 위한 날이지만 ／ 이 날 직장 동료나 친구들에게 초콜릿이나 사탕을 주기도 합니다.

- 초콜릿 상자나 사탕 바구니를 들고 있는修飾後面的연인들을，因此說整段話時，中間不要停頓才能正確傳達句意。

(4)

그리고 연인이 없는 사람을 위한 날도 있습니다. 바로 4월 14일 블랙데이입니다. 블랙데이는 / 연인이 없는 사람들끼리 **짜장면**을 먹는 날입니다. 검은색 음식인 **짜장면**을 먹으며 / **외롭고 우울한 마음을** 달랜다는 뜻일 겁니다.

- 짜장면、자장면和짜장면都是標準發音。
- 說외롭고 우울한 마음을的時候不要停頓，聽起來會比較自然。

(5)

한편 / 숫자와 관련해서 생긴 기념일도 있습니다. 11월 11일 빼빼로데이가 그렇습니다. 이 날은 / 친구나 연인들이 '빼빼로'라는 과자를 주고받는 **기념일인데** / 숫자1이 길쭉한 빼빼로 모양을 닮은 데서 유래한 것입니다.

- 在副詞한편之後稍做停頓，才能正確傳達句意。
- 當句子很長時，連接詞後面應該要稍做停頓。因此在기념일인데之後停頓一下，聽起來會比較自然。

(6)

이 외에 / **삼겹살과 발음이 비슷해서 삼겹살을 먹는다는** / 3월 3일 삼겹살데이도 있습니다.

- 삼겹살과 발음이 비슷해서 삼겹살을 먹는다修飾3월 3일 삼겹살데이，因此說整句話時，中間不要停頓才能正確傳達句意。

4. 跟著念下方文句時，請注意發音、停頓和速度。

한국에는 달력에 나오지 않는 특별한 날들이 있습니다. 밸런타인데이와 화이트데이, 블랙데이, 빼빼로데이 등이 그렇습니다.

2월 14일 밸런타인데이에는 보통 사랑하는 사람끼리 선물이나 카드를 주고받는데 한국에서는 좀 다릅니다. 밸런타인데이에 여자는 좋아하는 남자에게 초콜릿을 선물로 줍니다. 그리고 초콜릿을 받은 남자는 3월 14일에 여자에게 사탕을 선물합니다. 이 날이 바로 화이트데이입니다. 그래서 밸런타인데이와 화이트데이에는 초콜릿 상자나 사탕 바구니를 들고 있는 연인들을 곳곳에서 볼 수 있습니다. 밸런타인데이와 화이트데이는 연인들을 위한 날이지만 이 날 직장 동료나 친구들에게 초콜릿이나 사탕을 주기도 합니다.

그리고 연인이 없는 사람을 위한 날도 있습니다. 바로 4월 14일 블랙데이입니다. 블랙데이는 연인이 없는 사람들끼리 짜장면을 먹는 날입니다. 검은색 음식인 짜장면을 먹으며 외롭고 우울한 마음을 달랜다는 뜻일 겁니다.

한편 숫자와 관련해서 생긴 기념일도 있습니다. 11월 11일 빼빼로데이가 그렇습니다. 이 날은 친구나 연인들이 '빼빼로'라는 과자를 주고받는 기념일인데 숫자1이 길쭉한 빼빼로 모양을 닮은 데서 유래한 것입니다. 이 외에 삼겹살과 발음이 비슷해서 삼겹살을 먹는다는 3월 3일 삼겹살데이도 있습니다.

預估朗讀時間：1 分鐘 47 秒

⏱ **錄音以了解你花了多少時間朗讀！**

第一次	分	秒
第二次	分	秒
第三次	分	秒

附錄

解答

Part I
基本韓語發音

❶ 母音

▶ 單母音

1. (1) ⓒ   (2) ⓑ   (3) ⓐ   (4) ⓐ
(5) ⓒ   (6) ⓐ   (7) ⓒ   (8) ⓑ
(9) ⓐ   (10) ⓑ

2. (1) ✔ □   (2) □ ✔

(3) ✔ □   (4) □ ✔ □

(5) □ ✔

▶ 雙母音 1

1. (1) ⓑ   (2) ⓒ   (3) ⓐ
(4) ⓐ   (5) ⓒ

2. (1) X   (2) O   (3) O
(4) O   (5) X

▶ 雙母音 2

1. (1) ⓒ   (2) ⓐ   (3) ⓑ
(4) ⓐ   (5) ⓒ

2. (1) 와   (2) 의   (3) 외
(4) 워   (5) 위

❷ 子音

▶ 基本子音

1. (1) ⓐ   (2) ⓑ   (3) ⓒ
(4) ⓐ   (5) ⓒ

2. (1) O   (2) X   (3) X
(4) O   (5) O

3. (1) ㄱ   (2) ㄹ   (3) ㅊ
(4) ㅋ   (5) ㅅ

▶ 雙子音

1. (1) ⓑ   (2) ⓐ   (3) ⓑ
(4) ⓒ   (5) ⓐ

2. (1) O   (2) X   (3) X
(4) O   (5) O

▶ 子音發音力道的比較

1. (1) X   (2) O   (3) O
(4) X   (5) O

2. (1) ⓑ   (2) ⓐ   (3) ⓒ   (4) ⓑ
(5) ⓐ   (6) ⓑ   (7) ⓒ   (8) ⓐ
(9) ⓑ   (10) ⓒ

3. (1) 빼   (2) 찌   (3) 파
(4) 끼   (5) 싸

❸ 終聲

1. (1) X   (2) X   (3) O   (4) X
(5) X   (6) O   (7) O   (8) X
(9) O   (10) O

2. (1) ⓒ   (2) ⓑ   (3) ⓐ   (4) ⓐ
(5) ⓒ   (6) ⓑ   (7) ⓒ   (8) ⓐ
(9) ⓑ   (10) ⓐ

3. (1) ⓖ   (2) ⓓ   (3) ⓒ   (4) ⓔ
(5) ⓐ   (6) ⓕ   (7) ⓑ   (8) ⓖ
(9) ⓕ   (10) ⓒ

④ 連音

1. (1) O   (2) X   (3) O   (4) O
   (5) X   (6) O   (7) X   (8) O
   (9) X   (10) X

2. (1) ⓑ   (2) ⓐ   (3) ⓑ   (4) ⓐ
   (5) ⓑ   (6) ⓑ   (7) ⓑ   (8) ⓐ
   (9) ⓑ   (10) ⓐ

3. (1) ⓑ   (2) ⓒ   (3) ⓐ   (4) ⓐ
   (5) ⓒ   (6) ⓐ   (7) ⓑ   (8) ⓒ
   (9) ⓐ   (10) ⓑ

Part II
發音規則

① 激音化

1. (1) X   (2) O   (3) X   (4) O
   (5) X   (6) O   (7) O   (8) X
   (9) O   (10) O

2. (1) ⓑ   (2) ⓐ   (3) ⓑ   (4) ⓐ
   (5) ⓐ   (6) ⓑ   (7) ⓑ   (8) ⓐ
   (9) ⓑ   (10) ⓐ

3. (1) ⓐ, ⓑ   (2) ⓑ   (3) ⓐ, ⓑ
   (4) ⓐ   (5) ⓐ

4. (1) ⓓ   (2) ⓐ
   (3) ⓑ   (4) ⓒ

② ㅎ音脱落

1. (1) X   (2) O   (3) O   (4) X
   (5) X   (6) O   (7) X   (8) X
   (9) O   (10) O

2. (1) ⓐ   (2) ⓑ   (3) ⓐ   (4) ⓑ
   (5) ⓑ   (6) ⓐ   (7) ⓐ   (8) ⓑ
   (9) ⓐ   (10) ⓐ

3. (1) ⓐ, ⓑ   (2) ⓐ, ⓑ   (3) ⓑ
   (4) ⓑ   (5) ⓐ, ⓑ

4. (1) ⓒ   (2) ⓓ   (3) ⓐ   (4) ⓑ

③ 硬音化

1. (1) X   (2) O   (3) X   (4) O
   (5) O   (6) X   (7) X   (8) O
   (9) O   (10) X

2. (1) ⓑ   (2) ⓐ   (3) ⓑ   (4) ⓑ
   (5) ⓐ   (6) ⓐ   (7) ⓑ   (8) ⓐ
   (9) ⓑ   (10) ⓐ

3.

요즘 감기에 걸린 사람이 <u>많습니다.</u> 저도 감기에 걸려서 오늘은 <u>학교</u>에 가지 <u>못했습니다.</u> <u>갑자기</u> 추워졌는데 매일 아침에 머리를 <u>감고</u> 말리지 않은 채로 <u>학교</u>에 가고 양말도 <u>신지</u> 않아서 감기에 걸린 것 <u>같습니다.</u> <u>약국</u>에 가서 감기약을 사고 과일도 조금 <u>샀습니다.</u> 감기에는 과일과 차가 <u>좋습니다.</u> <u>약도</u> <u>먹고</u> 차도 한 잔 <u>마셨더니</u> 졸려서 <u>낮잠</u>을 <u>잤습니다.</u> 저녁에는 <u>숙제</u>를 하고 텔레비전을 <u>봤습니다.</u> 내일 친구와 농구를 하기로 <u>약속</u>했는데 할 <u>수 있을지</u> <u>모르겠습니다.</u>

4. (1) ⓐ   (2) ⓒ   (3) ⓓ   (4) ⓑ

④ 口蓋音化

1. (1) X   (2) O   (3) X   (4) O
   (5) X   (6) X   (7) X   (8) X
   (9) X   (10) O

2. (1) ⓑ   (2) ⓐ   (3) ⓐ   (4) ⓑ
   (5) ⓑ   (6) ⓐ   (7) ⓑ   (8) ⓐ
   (9) ⓑ   (10) ⓐ

3. (1) ⓐ   (2) ⓒ   (3) ⓑ   (4) ⓓ

4. 오늘은 맑고 <u>햇볕이</u> 강한 날입니다. 대문은 열려 있고 바깥에는 <u>옥수수밭이</u> 보입니다. <u>미닫이문은</u> 열려 있고 창문은 <u>닫혀</u> 있습니다. 아버지와 둘째는 <u>같이</u> 청소를 하고 있고 막내는 책을 읽고 있습니다. 그리고 <u>맏이는</u> 벽에 가훈을 <u>붙이고</u> 있습니다.

❺ 鼻音化①

1. (1) O   (2) X   (3) X   (4) O
   (5) O   (6) O   (7) X   (8) X
   (9) O   (10) X

2. (1) ⓑ   (2) ⓐ   (3) ⓑ   (4) ⓑ
   (5) ⓑ   (6) ⓐ   (7) ⓐ   (8) ⓐ
   (9) ⓑ   (10) ⓐ

3. (1) ⓑ   (2) ⓐ   (3) ⓑ   (4) ⓑ
   (5) ⓑ   (6) ⓐ   (7) ⓒ   (8) ⓑ
   (9) ⓑ   (10) ⓐ

4. (1) ⓒ   (2) ⓐ   (3) ⓓ   (4) ⓑ

❻ 鼻音化②

1. (1) X   (2) O   (3) O   (4) X
   (5) O   (6) O   (7) X   (8) O
   (9) O   (10) X

2. (1) ⓑ   (2) ⓐ   (3) ⓐ   (4) ⓑ
   (5) ⓐ   (6) ⓐ   (7) ⓑ   (8) ⓑ
   (9) ⓑ   (10) ⓑ

3. (1) ⓐ   (2) ⓒ   (3) ⓓ   (4) ⓑ

❼ 鼻音化③

1. (1) X   (2) X   (3) O   (4) O
   (5) O   (6) X   (7) O   (8) O
   (9) X   (10) O

2. (1) ⓑ   (2) ⓑ   (3) ⓑ   (4) ⓑ

(5) ⓐ   (6) ⓑ   (7) ⓑ   (8) ⓐ
(9) ⓑ   (10) ⓐ

3. (1) ⓑ   (2) ⓐ   (3) ⓓ   (4) ⓒ

❽ 流音化

1. (1) X   (2) O   (3) O   (4) X
   (5) O   (6) O   (7) X   (8) O
   (9) X   (10) O

2. (1) ⓑ   (2) ⓑ   (3) ⓐ   (4) ⓑ
   (5) ⓐ   (6) ⓑ   (7) ⓑ   (8) ⓑ
   (9) ⓐ   (10) ⓐ

3. (1) ⓐ   (2) ⓑ   (3) ⓑ
   (4) ⓑ   (5) ⓑ

4. (1) ⓓ   (2) ⓒ   (3) ⓐ   (4) ⓑ

❾ ㄴ添加

1. (1) X   (2) X   (3) O   (4) X
   (5) O   (6) O   (7) X   (8) X
   (9) O   (10) O

2. (1) ⓑ   (2) ⓐ   (3) ⓐ   (4) ⓐ
   (5) ⓑ   (6) ⓑ   (7) ⓐ   (8) ⓑ
   (9) ⓐ   (10) ⓑ

3.

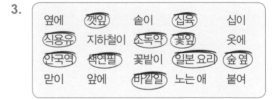

옆에   (깻잎)   솥이   (십육)   십이
(식용유)   지하철이   (손독약)   (꽃잎)   옷에
(안국역)   (색연필)   꽃밭이   (일본 요리)   (숲 옆)
맏이   앞에   (바깥일)   노는 애   붙여

4. (1) ⓓ   (2) ⓑ   (3) ⓒ   (4) ⓐ

中文翻譯

❶ 激音化

珉豪　霏霏，生日快樂，請收下這個。

霏霏　哇，謝謝你。花香真好。

珉豪　因為覺得很適合你就買了。

霏霏　謝謝。我們一起吃晚餐，然後去 KTV 好嗎？

珉豪　當然好，霏霏你很會唱歌嗎？

霏霏　不太會，但是我喜歡 KTV 的氣氛。而且還能練習韓語，我覺得很好。

❷ ㅎ音脫落

智媛　妳的表情怎麼不太好？發生什麼事了？

霏霏　我來上學的路上弄丟錢包了。

智媛　怎麼辦？錢包裡有很多錢嗎？

霏霏　不，沒什麼現金沒關係，卡片也掛失了，只是放在錢包裡的照片是很重要的物品，所以我想找回來。

智媛　不要太擔心，說不定撿到錢包的人會還給你的。

霏霏　希望如此。

❸ 硬音化

霏霏　賈斯汀，要不要吃過午餐再走？要一起吃嗎？

賈斯汀　嗯，我沒吃早餐，肚子好餓。

霏霏　你平常不是都吃完早餐才來的嗎？

賈斯汀　因為今天太晚起床，我沒吃早餐，也沒洗頭就來了。

霏霏　我們去學生餐廳如何呢？

賈斯汀　好啊，我們快去吧。太晚去的話會沒有位子坐。

❹ 口蓋音化

賈斯汀　現在書店關門了嗎？

智媛　我上次去，這個時間已經關門了。怎麼了嗎？

賈斯汀　因為我想買旅遊指南書。我想和朋友一起去看海，哪個地點好呢？

智媛　你去過正東津嗎？那裡的日出很有名。

賈斯汀　是嗎？那我應該去正東津看看才行。

❺ 鼻音化①

智媛　　賈斯汀，好無聊喔，有什麼好玩的？

賈斯汀　韓國文化課結束後要不要去博物館？

智媛　　好呀。可是去博物館前先吃飯吧，我找到一間美餐。

賈斯汀　美餐？那是什麼？

智媛　　食物美味的餐廳就稱作美餐。

賈斯汀　妳真的很會找新餐廳耶！那我們去吃飯吧。

❻ 鼻音化②

賈斯汀　我們明天在哪裡見面呢？

智媛　　在學校前的公車站見面吧。

賈斯汀　好啊，我會準備三明治帶去。

智媛　　那我買飲料吧。

❼ 鼻音化③

賈斯汀　智媛，妳住在哪裡？

智媛　　我家在國立現代美術館附近。賈斯汀你呢？

賈斯汀　我原本住在往十里，不久前搬到大學路了。

智媛　　那麼你去過駱山公園與壁畫村嗎？

賈斯汀　嗯，去過了，很漂亮。

❽ 流音化

珉豪　　下星期就是農曆新年了，你要做什麼呢？

賈斯汀　這個嘛……目前還不知道。珉豪你呢？

珉豪　　我要和朋友們一起去全州。

賈斯汀　全州嗎？那是哪裡？

珉豪　　是位於全羅道的城市，拌飯很有名，也有韓屋村。你要一起去嗎？

賈斯汀　好啊，我也想去看看。

❾ ㄴ添加

賈斯汀　聽說 16 號在市廳站前有 K-Pop 表演，要一起去嗎？

霏霏　　那天是星期幾？

賈斯汀　是星期六。妳有空嗎？

霏霏　　嗯…因為我星期天要去泰國旅行，那天要做的事情有點多。

賈斯汀　原來如此，祝妳旅途愉快。

口語

❶ 當志工

會長 好的，各位，連續三天的志工服務活動，辛苦各位了。託各位幫忙的福，老人家們今年也能溫暖地度過這個冬天了。啊，賈斯汀先生，你是第一次搬運煤炭，想必很累吧，你覺得如何呢？

賈斯汀 其實以前我對志工服務沒什麼興趣，嗯…這次是因為韓國朋友邀請我一起參加，我才來的，來這裡實際做了之後發現，雖然很累，但很有趣也很有意義。雖然是微薄之力，但想到能為老人家們盡一份心力，我覺得很充實。雖然第一天的時候還不適應有點辛苦，但到了最後一天，反而覺得時間過得太快而感到可惜。以後還有機會的話，我還想參加其他志工活動。

❷ 訪談 1—應屆畢業生

記者 讓我們來訪問這位應屆畢業生，請問妳認為最近就業為何如此困難？

金海斌 企業不太錄取沒經驗的新人，真的不錄取，企業大部分都雇用有經驗的求職者，好的職缺不多，相對競爭率就高。我現在大四上，履歷投了幾家呢…大約投了 36 家公司吧？但是都被刷下來了，我目前幾乎都只投大企業。大企業的條件相對較好，與中小企業的年薪差距很大，也因為從一開始就希望得到一份好工作，準備就業的時間就跟著拉長了。但是放棄就業的人也增加了，青年失業率逐漸提高，我真的很擔心。

❸ 電影《駭人怪物》

珉豪 哇！天氣真好！來到漢江就想到電影《駭人怪物》，電影中有出現漢江的場面。

霏霏 是什麼樣的電影呢？

珉豪 2005 年還 2006 年上映的吧，是老電影了，像這樣人們正在休息的時候，突然有隻怪物從那邊的大橋爬上來，所以大家都嚇壞了紛紛逃跑，有些人被怪物踩過，場面很混亂。主角一家人也嚇得逃跑，但是女兒卻被怪物抓走了，因此家人們為了救回女兒而奔走，並殺死怪物的故事。

霏霏 哇！好有趣！那麼那邊就是怪物出現的地方嗎？

珉豪 對，我之前看過導演的訪談，說他以前讀國中時，搭車經過漢江，看到疑似怪物的東西，於是心想若日後做導演，要將它拍成電影。聊到這個話題讓我又想重看這部電影了。

❹ 南怡島

霏霏　聽說妳去了南怡島？我也想去呢，好玩嗎？

智媛　太好玩了！風景很漂亮，距離首爾不到 2 個小時，入場費包含船票，因此大約一萬韓元左右。

霏霏　比想像中近呢，但是那裡平日遊客也很多吧？

智媛　是呀，我們去的時候也很多人，外國遊客非常多，尤其是來自中國或東南亞的觀光客，可能是最近韓劇很受歡迎的關係吧。之前因為《冬季戀歌》，南怡島就很有名了，經過十年，如今也有遊客不曉得那部電視劇而來玩的。不過主角們的照片與初吻的場景現在都還留著，而且有很多漂亮的景點，我就一直拍照，那個…有條電影或電視劇裡經常出現的路，對吧？兩旁佈滿樹的路，我在那裡拍了很多漂亮的照片，因為和我同行的朋友很會拍照。

❺ 伸展運動

　　大家好，今天也和我一起學習簡單的伸展運動吧。以相同的姿勢坐在書桌前一整天，想必全身的肌肉都感到很僵硬吧，長時間維持相同姿勢的話，關節與肌肉會變得緊繃，肩膀或腰部疼痛也容易伴隨而至。因此今天要教大家，坐在椅子上就能簡單做到的，脖子與肩膀伸展運動方法。

　　首先是放鬆僵硬頸部肌肉的動作，請維持坐在椅子上的狀態，左手抓住椅子，右手越過頭部上方抓住頭部，在此動作中以右手抓著頭部，拉長頸部肌肉 10 秒鐘，請注意左邊的肩膀不能跟著上揚，現在，改變方向，右邊也做 10 秒鐘，並請重複 3 個循環。

　　下一個動作是放鬆頸部前面肌肉的動作，雙手交叉相握放置頸後，脖子不要施力，頭慢慢地向後仰，此時不要移動交叉相握的雙手，此動作每次做 10 秒，並請重複 3 個循環。

❻ 訪談 2─電影導演

主持人　最近引起討論的電影《選擇》，各位都看過了嗎？聽說觀看人數已經超過 5 百萬人了？讓我們歡迎，睽違 7 年帶著新作品跟觀眾朋友見面的朴周勇導演，導演您好，電影真的很有趣呢！

導演　您好，謝謝，謝謝您的好評。

主持人　以棒球為主題的電影很多，請您稍微介紹，透過這部電影，您想傳達什麼樣的訊息呢？

導演　棒球和人生很像不是嗎？即便你以為是結束了，但其實還沒結束，要看到最後一刻才能見分曉。此外，僅憑一己之力無法完成事情，也是棒球與人生的共同點，在此其中，該怎麼說呢…我想傳達，為了襯托他人發光發亮，而在其後默默地幫忙的人的故事，沒有這些人的話，隊伍是絕對無法獲勝的，不是嗎？當作是這些選手們的故事看待就可以了，這裡面也有我身為棒球迷，想為韓國棒球加油的心情。

作的同事合作，同心協力。

❼ 廣藏市場

　　說到首爾值得一遊的景點，我想推薦廣藏市場。雖然有名的觀光景點也不錯，但逛市場也很有趣不是嗎？廣藏市場位在鍾路五街，往裡面走也有很多東西，非常大。

　　最近外國人也很多，他們會去那裡買韓服。那裡從以前開始就因韓服出名，有很多賣韓服的店家。但是說到廣藏市場，最有名的還是食物，綠豆煎餅、麻藥紫菜飯捲與生牛肉最出名。入口處有間有名的綠豆煎餅店，大概到周末都要排隊站著吃，香噴噴的綠豆煎餅香氣一飄出，讓人走進市場，不吃都不行呢。稱做麻藥紫菜飯捲的食物也很有名，但名字有點特別吧？讓人想一吃再吃而取名麻藥紫菜飯捲，提供和飯捲沾著吃的芥末醬，醬料特別美味。另外，喜歡生牛肉的話，生牛肉名店也很多，請去試試看。

❽ 訪談 3—公司面試

面試官　尹智媛小姐，您的主修是法學，並且有在銀行工作的經驗。

尹智媛　是的，我在新羅大學主修法學，畢業後在世華銀行法務組工作了六年。

面試官　工作很久呢，那麼請您說明，長久的職場經驗裡，您認為自己不足的地方是什麼？以及進入我們公司後，想以怎樣的面貌工作。

尹智媛　我剛進前公司之際，工作能力即受到肯定，並獲得很好的評價，因此我認為以我的能力，沒有辦不到的事，總是相信我是最優秀的。因此和同事一同工作時，我經常認為自己的意見更好，但也因為和很多人共事，讓我了解到，公司事務無法靠我一己之力完成，傾聽別人的意見比任何事更重要，若之後有機會進貴公司工作，我會努力與一同工

❾ 天氣預報

　　因夜間高溫現象而無法入睡的人很多吧？無論日夜，高溫都沒有稍減的狀況，超過 10 日蒸氣般的高溫還在持續著，今天浦項的白天氣溫是 36 度，全州與大邱也高達 35 度，非常熱，首爾則是 31 度，和昨天差不多。

　　現在濟州島正發布豪雨預報，島內外每小時降下 30mm 左右的大雨，請做好準備以防豪雨成災。預計首爾上午晴朗，白天會有陣雨。

　　短時間內全國大致上都是晴朗並持續炎熱的天氣，高溫則周末會來到最高點，周六包含首爾在內的首都圈區域，氣溫預計會上升至 34 度，以上是今日的天氣預報。

❿ 諮詢

　　接下來的單元，是解決各位聽眾困擾的煩惱諮詢時間。今天也收到了各式各樣的煩惱，首先來看第一封信吧。

　　您好，我是因交往 6 年的女友而苦惱的 20 多歲青年。要說有什麼困擾呢？那就是運動。我的女朋友是 1 年 365 天，沒有一天不運動地熱愛運動。也許您會認為適度運動對健康有益，算哪門子煩惱？但問題就出在我女朋友完全不顧身體，只專注於運動。到何種程度呢？因為激烈運動而引發膝蓋邊痛，卻說要運動才能舒緩疼痛而再次運動，導致一個月都無法行走。然而，我女朋友並非是需要減肥的身材，我曾經問她為什麼要這樣運動，她卻說喜歡因運動而產生的結實肌肉。難道說比起男朋友，更熱愛增加肌肉嗎？因此，即使約會也無法去好吃的料理，為了維持身材，每天晚餐只吃雞胸肉 100g，半顆地瓜而已。而且，不只一次兩次，因為

忙碌而無法運動時，即便是晚上也非運動不可為了就取消我們的約會。對於女朋友無法阻擋的運動熱情，我該怎麼做才好？請幫忙解決我的困擾吧。

視劇的內容大同小異。

外國人怎麼看待韓國電視劇呢？吃泡麵時不裝在碗裡，而用鍋蓋承接的場景、大碗裡放入飯攪拌再吃的場景、湯匙插在酒瓶充當麥克風使用的場景，據說在外國人眼裡是既有趣又新奇的畫面。然而主角因為疲倦而流鼻血的場景，因無法傳達其意給外國人，外國人反而感到奇怪。除此之外，也有很多外國人認為，韓劇的特徵就是幾乎所有電視劇中，主角的父母都會登場，並展現出許多溫暖的家族情感故事。

書面語

⑪ 咖啡

根據統計，韓國成人每人 1 年所喝的咖啡，以 350ml 為基準，超過 500 杯。好像是為了證明這項統計，街上充斥著各式的咖啡專賣店。

那麼韓國是從何時開始喝起咖啡的呢？據稱 1896 年時，高宗皇帝是韓國人中第一位品嘗咖啡的人。當時，咖啡是兩班與貴族們才能享受的食物。韓戰結束後，美軍引入了即溶咖啡，才正式於一般大眾間普及。此後，持續受到喜愛的即溶咖啡，隨著國內某咖啡公司發明條狀包裝的即溶咖啡，人們隨時隨地都能方便的喝到咖啡，因而大受喜愛。

不只即溶咖啡，原豆咖啡也受到韓國人的喜愛。在韓國也有種植咖啡豆的地方，那就是江陵。江陵有間咖啡博物館，每年 10 月會舉辦咖啡節，江陵的安木海邊以咖啡街聞名，人們可以從具有特色的咖啡專賣店向外眺望東海，伴隨著炒原豆的香氣，享受各式各樣的咖啡香。

⑫ 韓劇

韓國電視劇中經常出現的故事有幾種，多金男與貧窮女的戀情、三角戀、交通事故、失憶、絕症、身世秘密等，許多電視劇都能經常看到。對此，雖然觀眾不討厭愛情故事，但即便電視劇題材或背景不同，戀愛部分所佔比重還是很高，因此也有人抱怨電

⑬ 路邊攤／布帳馬車

在首爾的明洞、弘大、鍾路、往十里、龍山等地，處處都能看到布帳馬車的蹤影。有販賣辣炒年糕、血腸、炸物、魚板等小吃類的布帳馬車；也有讓顧客一邊享用活章魚、雞爪、牛小腸、煎餅、湯麵等各式下酒菜，一邊飲酒的布帳馬車。

布帳馬車經常可在韓國電影或是電視劇中看到，下班後和同事們回家時，用一碗溫暖的熱湯驅走寒意，或是鬱悶、發生令人備感艱辛的事情時，喝悶酒的地方。

布帳馬車於 1950 年代後出現，開始販賣燒酒與簡單的下酒菜。1988 年舉辦漢城奧運時，為了維持街道的整潔，一度大量消失，直到 90 年代末期，經濟狀況不佳，才又再次增加。近期出現許多以布車為名的室內布帳馬車，不只裝潢打造成 7-80 年代早期的布帳馬車風格，室內也規劃了放置真正布帳馬車的區域。

⓮ 紅豆刨冰

根據韓國人最喜歡的夏季食物調查，絕不會漏掉的其中一項答案便是紅豆刨冰。正因紅豆刨冰有如此強大的人氣做為奠基，每到夏季，絕大多數的咖啡專賣店都會開始販售紅豆刨冰。

紅豆刨冰結合了冰的清涼感與紅豆的香甜口感，是消暑的好甜品，除了紅豆外，更添加了年糕、果凍、冰淇淋等配料，增加美味的層次。近來開了許多紅豆刨冰專賣店，出現許多有個性、獨特的紅豆刨冰專賣店，競爭激烈到可用「紅豆刨冰大戰」來形容。過去以冰塊及紅豆為主要食材的紅豆刨冰，隨著時代的潮流演變，開始出現使用水果、綠茶、咖啡、巧克力等豐富材料的紅豆刨冰，吸引顧客們的味蕾。此外，將牛奶結凍代替冰塊而磨製成的「雪花冰」，柔順的口感在嘴裡融化，獲得極高的人氣。

深受男女老少喜愛的紅豆刨冰，因紅豆刨冰專賣店的出現，如今不只夏季，在寒冷的冬季也能享用到紅豆刨冰的美味。不只造訪韓國的外國遊客慕名前往紅豆刨冰專賣店，進軍海外市場的韓國紅豆刨冰專賣店也大受歡迎。

⓯ 軍隊

有一則有趣的說法是，韓國女性最討厭的話題第三名是軍隊話題，第二名是足球話題，而第一名則是在軍隊裡踢足球的話題。雖然女性們覺得軍隊話題很乏味，然而男性們每次回憶時，都會以「我當兵的時候」作為開場白。

只要是大韓民國健康的男性，無論是誰都有保護國家與心愛家人的義務，年滿 19 歲即可入伍，因學業等因素最晚可延後至 30 歲入伍。

入伍後首先須在訓練所接受五周的訓練，下到所屬部隊後，守護國家時間分別為陸軍 21 個月、海軍 23 個月、空軍 24 個月。

海軍部隊中的海軍陸戰隊，須接受無論身處大海或陸地都能戰鬥的訓練。海軍陸戰隊因加入不易且訓練辛苦而有名，因此海軍陸戰隊的結訓隊員們皆抱持極高榮譽感。

近來隨著韓流明星增加，不只國內粉絲，就連國外粉絲也會在藝人入伍或退伍時前往現場接送。入伍的男性藝人們會因可能被粉絲遺忘而感到不安，但藉由入伍的契機，增加男子氣概與堅強的形象，人氣反倒上升的情況也可能發生。

⓰ 棒球應援文化

韓國人進棒球場並不會安靜地觀看球賽，反而會一同參與加油，一邊吃著食物一邊興奮地觀賞球賽。團體加油歌曲也不能錯過，有隊伍加油歌曲與選手加油歌曲，熱情的棒球迷都會一起跟著歡唱。因為比賽進行中忙著加油、攻守交換時的休息時間則有舞蹈對決、Kiss Time 等各種活動，在球場度過的時光絕不會無趣。

全國各地中以釜山對棒球的熱愛最出名，甚至有在釜山有信仰宗教的自由，但沒有選擇棒球隊的自由的玩笑話，看到用釜山方言大喊加油口號，頭上戴著黃色塑膠袋，並揮舞用報紙折成的花瓣的球迷們，就能感受到釜山人對主場隊伍－樂天巨人隊的熱愛。

無論是否喜愛棒球，前往表演節目跟食物都很多的棒球場，一邊興高采烈的加油一邊享用美食，相信能夠留下令人難忘的回憶。

⑰ 炸雞和啤酒

從幾年前起，只要提到炸雞就會自然而然地想到啤酒。炸雞與啤酒合起來簡稱「雞啤」，其意涵現在也廣為人所知。清涼啤酒與爽口炸雞的相遇，受到許多人的歡迎。

炸雞是韓國人們最常叫外送的食物，全國的炸雞專賣店數量據悉達到三萬多家。何時何地都能輕易享用到的炸雞，因適合喝啤酒時搭配一同享用，持續受到喜愛。雖然香噴噴的炸雞也很美味，但 1980 年代登場的洋釀炸雞也是熱門選擇之一。辣椒醬製成又甜又辣的調味醬，擄獲了全國民眾的味蕾。

炸雞與啤酒一同食用的文化也深受外國人們的喜愛，許多外國留學生認為「雞啤」是韓國飲食文化中，最令人印象深刻且喜歡的文化。

創下高收視率紀錄的電視劇《來自星星的你》中，出現女主角表露對「雞啤」的深愛，並吃著炸雞與啤酒的場景。因為該電視劇的影響，在海外也颳起一陣「雞啤」旋風。

⑱ 下廚的男人

傳統觀念的其中一項改變，就是「男主外，女主內」的想法逐漸式微。眾多家事中，下廚是女性的責任的觀念雖然根深柢固，現今電視上也出現許多做料理的男性，覺得男性下廚很帥氣的人們也增加了。

過去由女性廚師介紹料理方式與傳達飲食資訊，或是藝人們尋找美食店家的節目占了多數。然而，近來由鄰家大叔之類的男性，介紹如何用平凡常見的食材，輕鬆煮出家常風味料理，或是男性廚師運用相似的食材下廚等，美食節目的類型變得多樣化。電視劇中也經常可見男性親手下廚的畫面，民眾對廚師這份職業的好感也逐漸升高。

以前只有想當廚師的人，或是即將結婚的女人，才會到廚藝教室學習做料理。近期從 30 歲至 60 歲等各年齡層的男人都在學做料理，父親們的變化更是引人注目。原本認為只要專心工作就好的父親們，透過料理，拉近與家人間的距離，並努力傳達對家人的愛。如今，料理不再是女性專屬的家事，而是屬於兩性共有的平凡日常生活，不是嗎？

⑲ 大嬸燙髮

遇過幾位韓國大嬸的外國人，皆表示很好奇大嬸們的髮型為何都是相同的。確實韓國的大嬸或是奶奶們，很多人都選擇燙這種稱作「大嬸燙髮」的短髮。韓國從 1937 年起開始燙髮，如今技術發展，髮型也更加多樣。然而，雖然有各種燙髮髮型，在韓國長期受到歡迎的依然是「大嬸燙髮」。

「大嬸燙髮」最大的優點就是不須經常去美容院。因為只要盡可能地燙出最捲翹的髮型，捲度就能維持 6 個月至 1 年的時間不會變直，節省造型費。此外，「大嬸燙髮」讓髮量看起來多，深受上了年紀的人的喜愛，也方便打理造型。

精打細算的舊日媽媽們的選擇是「大嬸燙髮」，但近來年輕主婦們則不再堅持非「大嬸燙髮」不可。她們對外貌更加注重，並選擇符合個人喜好的各式髮型。所謂的「大嬸燙髮」，說不定再過幾年就很難聽到了。

⑳ 節日文化

在韓國有月曆上不會出現的特別節日，情人節與白色情人節、黑色情人節、光棍節等皆是如此。

2 月 14 日情人節通常是相愛的戀人們互送禮物與卡片，但韓國有些不同，情人節時女生送巧克力給喜歡的男生，而收到巧克力的男生則在 3 月 14 日回送糖果給女生，這天就是白色情人節。因此情人節與白色情人節時，隨處可見提著巧克力盒與糖果籃的戀人們。雖然情人節與白色情人節是專屬戀人們的日子，在這天也可以送巧克力或糖果給職場同事或朋友。

此外，沒有戀人的人也有專屬的日子，那就是 4 月 14 日黑色情人節。黑色情人節是沒有戀人的人們吃炸醬麵的日子。意即透過吃黑色的炸醬麵，來安慰孤單又憂鬱的心靈。

另一方面，也有與數字相關而產生的紀念日，那就是 11 月 11 日光棍節，這天是與朋友或戀人們互送「Pepero」巧克力棒的紀念日，由來則是因為數字 1 與細長的 Pepero 巧克力棒相似。另外，還有因為與五花肉（三層肉）發音相似，而要吃五花肉（三層肉）的 3 月 3 日五花肉（三層肉）節。

發音規則重點整理

基本韓語發音

▶ **韓語的母音和子音**

我們要說話而發出聲音時，從肺部上升的空氣經過發聲器官，由嘴巴或鼻子流出。這種聲音可根據發音時氣流是否受到阻礙，而分為母音與子音。 母音 p.16 ▶

母音

母音是發音時氣流未受到阻礙而發出的聲音。韓語的母音如下，共由 10 個短母音 、11 個雙母音構成。

| 單母音：ㅏ，ㅓ，ㅗ，ㅜ，ㅡ，ㅣ，ㅔ，ㅐ，ㅚ，ㅟ |
| 雙母音：ㅑ，ㅕ，ㅛ，ㅠ，ㅖ，ㅒ，ㅘ，ㅝ，ㅙ，ㅞ，ㅢ |

等一下！

<標準發音法>第四項提及，ㅚ與ㅟ可視為雙母音，因此本書的基本篇「母音」中，將ㅚ與ㅟ分類至雙母音，共分成 8 個單母音與 13 個雙母音介紹。

母音的聲音根據舌頭的高度、舌頭的前後位置，與嘴唇的模樣等而有所不同。

子音

子音是發音的過程中，氣流受到發聲器官阻礙所發出的聲音。韓語的子音如下，共由 19 個子音構成。

| ㄱ，ㄲ，ㄴ，ㄷ，ㄸ，ㄹ，ㅁ，ㅂ，ㅃ，ㅅ， |
| ㅆ，ㅇ，ㅈ，ㅉ，ㅊ，ㅋ，ㅌ，ㅍ，ㅎ |

子音的聲音根據造音的發聲器官位置、發出聲音的方法與聲音的回響等而有所不同。 子音 p.29 ▶

▶ **韓語音節組合**

音節，發音時能夠一次發出聲音的單位。韓語的音節構成如下。

母音(V)：아
子音＋母音(C+V)：가
母音＋子音(V+C)：악
子音＋母音＋子音(C+V+C)：각

韓語的音節中一定要有母音存在，因此子音＋子音＋子音是無法構成音節的。

▶ **韓語的音韻轉變**

聲音與聲音相鄰接時，會受彼此影響而改變發音。為了使發音更簡單或更明確，在韓語中有以下的音韻變動情況產生。

替換：一方的音韻與另一方的音韻性質變為相似的現象（同化現象）。
　　　鼻音化①：박물관[방물관]
　　　鼻音化②：정류장[정뉴장]
　　　鼻音化③：대학로[대항노]
　　　流音化：설날[설랄]
　　　硬音化：식당[식땅]
　　　口蓋音化：같이[가치]

脫落：兩個音韻相鄰接時，其中一個音韻消失的現象。
　　　ㅎ音脫落：괜찮아요[괜차나요]

合音：兩個音韻縮短成一個音韻的現象。
　　　激音化：축하[추카]

添音：增添其他的聲音而產生新音韻的現象。
　　　ㄴ添加：시청역[시청녁]

❶　母音

韓語有 21 個母音，分為單母音與雙母音，雙母音是兩個單母音結合而成。母音符號的外型則分別由象徵天空的「‧」，象徵大地的「ㅡ」與象徵人類的「ㅣ」所組成。

母音可以獨自發音，也可自成音節。但是書寫時若只單獨書寫母音，則須在母音之前加上子音「ㅇ」，此處使用的「ㅇ」不發音。

▶　單母音

單母音共有 8 個，「ㅏ，ㅓ，ㅗ，ㅜ，ㅡ，ㅣ，ㅔ，ㅐ」，開始發單母音時的嘴型，與結束時的嘴型不改變。

ㅏ：嘴巴張得又大又圓，在舌頭不碰觸牙齒的狀態發音。

ㅓ：比「ㅏ」的嘴型張開得略小，下巴稍微往上揚，嘴巴不向外推。

ㅗ：嘴唇朝前伸展聚集成圓形，伸出食指放置在嘴唇前距離 1cm 的位置時，嘴唇能碰到食指的程度。

ㅜ：嘴型與「ㅗ」相似，但下巴比起發「ㅗ」音時略往上揚。

ㅡ：與發「ㅜ」音時相比，嘴唇再往臉頰兩側延展，但嘴唇不向外突出，保持嘴唇向兩側拉長，且舌頭不碰觸牙齒的狀態發音。

ㅣ：嘴型與「ㅡ」相似，但是維持下巴稍微再往下延展的狀態，舌頭稍微頂住下排牙齒並發音。

ㅔ：比起「ㅣ」的嘴型，嘴巴要張更開，下巴更往下延展。

ㅐ：發音與「ㅔ」相似，比起「ㅔ」的嘴型，嘴巴要張更開，下巴更往下延展，發出比「ㅔ」更短促的音。

等一下！

母音「ㅔ」與「ㅐ」的發音，聽時雖然沒有太大差別，文字書寫時須仔細分別。

單母音的發音比較

單母音可根據嘴唇的模樣、舌頭的位置與嘴巴張開的程度來比較。

● 以唇型區分
으與우：「ㅡ」是嘴唇向兩側長長地延展，「ㅜ」是嘴型圓圓地發音，發「ㅜ」音時比發「ㅡ」音時，嘴唇再更往前突出。

어與오：發音時，「ㅓ」比起「ㅗ」嘴巴張更開，此外，「ㅗ」比「ㅓ」嘴型再更圓一點，發「ㅗ」音時比發「ㅓ」音時嘴唇再更往前突出。

● 以嘴巴延展程度區分
發「ㅣ」、「ㅔ」、「ㅐ」音時，發「ㅡ」、「ㅓ」、「ㅏ」音時，發「ㅜ」、「ㅗ」時，下巴會逐漸往下張，嘴型逐漸增大。

● 以舌頭位置區分
發「ㅣ」、「ㅡ」、「ㅜ」音時，發「ㅔ」、「ㅓ」、「ㅗ」音時，發「ㅐ」、「ㅏ」音時，舌頭的位置逐漸往後。

發音 Tip！

어與오：發「ㅓ」、「ㅗ」音時，雖然嘴巴裡舌頭的位置與高度相似，但是嘴唇的模樣不同。「ㅗ」的嘴唇模樣是圓的，發音時嘴唇往前突出；「ㅓ」比起「ㅗ」嘴巴要張更開一點，嘴唇不會成圓形狀。發「ㅗ」音時若將手指抵著嘴唇發「ㅓ」音的話，可感覺到嘴唇稍微往下滑落。

오與우：發「ㅗ」與「ㅜ」音時的嘴唇模樣雖然都是圓形狀，但是發音時下巴的位置不同，發「ㅜ」音時若下巴下方貼著手背發「ㅗ」音的話，可發現下巴更往下張。

▶　雙母音 1

由於雙母音是由兩個單母音結合而成的母音，開始發音時的嘴型與結束發音時的嘴型並不相同，雙母音「ㅑ、ㅕ、ㅛ、ㅠ、ㅖ、ㅒ」因為是母音「ㅣ」與其他母音結合而成發出的聲音，所以由「ㅣ」音開始並快速地連結下一個母音而發音。此時，雙母音發音的時間與單母音發音的時間幾乎相同，須注意不能發成兩個音。

ㅑ：嘴型由「ㅣ」開始並快速地接著發「ㅏ」音。

ㅕ：嘴型由「ㅣ」開始並快速地接著發「ㅓ」音，「ㅕ」音發音結束時嘴唇不往前突出。

ㅛ：嘴型由「ㅣ」開始並快速地接著發「ㅗ」音，「ㅛ」音發音結束時嘴唇向前突出。

ㅠ：嘴型由「ㅣ」開始並快速地接著發「ㅜ」音，「ㅜ」音要發更長的音。比起「ㅛ」的嘴型再更突出，下巴再更往上提。

ㅖ：嘴型由「ㅣ」開始並快速地接著發「ㅖ」音。

ㅒ：嘴型由「ㅣ」開始並快速地接著發「ㅐ」音。

發音 Tip！

여與요：發「ㅕ」與「ㅛ」音時，雖然嘴巴裡舌頭的位置與高度相似，但是嘴唇的模樣不同。「ㅛ」的嘴唇模樣是圓的，發音時嘴唇往前突出；「ㅕ」比起「ㅛ」因嘴巴要張更開，嘴唇不會成圓形狀。發「ㅛ」音時若手指抵著嘴唇發「ㅕ」的話，會發現下巴稍微往下張。

요與유：發「ㅛ」與「ㅠ」音時的嘴唇模樣雖然都是圓形狀，但是發音時下巴的位置不同，發「ㅠ」音時若手背貼著下巴下方發「ㅛ」音，可發現下巴往下張。

▶　**雙母音 2**

　　雙母音ㅘ、ㅙ、ㅚ、ㅝ、ㅞ、ㅟ、ㅢ是由母音「ㅗ」與其他母音結合而成的音，還有「ㅜ」與其他母音結合而成的音，以及「ㅡ」與「ㅣ」結合而成的音所形成，開始發音時的嘴型與結束發音時的嘴型並不相同，此時，雙母音發音的時間與單母音發音的時間幾乎相同，須注意不能發成兩個音。

ㅘ：嘴型由發「ㅗ」音時的模樣開始，短暫發出「ㅗ」音後立刻接著發「ㅏ」音。

ㅙ：嘴型由發「ㅗ」音時的模樣開始，短暫發出「ㅗ」音後立刻接著發「ㅐ」音。

ㅚ：嘴型由發「ㅗ」音時的模樣開始，短暫發出「ㅗ」音後立刻接著發「ㅔ」音。

ㅝ：嘴型由發「ㅜ」音時的模樣開始，短暫發出「ㅜ」音後立刻接著發「ㅓ」音。

ㅞ：嘴型由發「ㅜ」音時的模樣開始，短暫發出「ㅜ」音後立刻接著發「ㅔ」音。

ㅟ：嘴型由發「ㅜ」音時的模樣開始，短暫發出「ㅜ」音後立刻接著發「ㅣ」音。

ㅢ：嘴型由發「ㅡ」音時的模樣開始，短暫發出「ㅡ」音後立刻接著發「ㅣ」音。與其他雙母音不同的是，開始發音時的嘴型與結束時的嘴型幾乎不變。

❷　**子音**

　　韓語的子音符號總共有 19 個，子音不能單獨書寫，想形成完整的音節就必須與母音一同書寫。19 個子音中的基本文字「ㄱ、ㄴ、ㅁ、ㅅ、ㅇ」，是模仿各個子音發音時，擔任重要角色的發音器官的模樣創造而成的。「ㄱ、ㄴ、ㅅ」是模仿發該子音時，舌頭碰觸的模樣創造而成；「ㅁ」是模仿發「ㅁ」時，嘴巴

的模樣創造而成；「ㅇ」則是模仿喉嚨的模樣創造而成。

　　接著再增加這 5 個基本子音的筆劃，創造其他的子音。例如：子音「ㄷ」與子音「ㄴ」是使用相同的發音器官，在嘴巴裡相同的位置發音。此時「ㄷ」比「ㄴ」的聲音稍微更強一些，因此在「ㄴ」多加一劃而造出「ㄷ」。

▶　**基本子音**

　　子音大致上可分為基本子音與雙子音，基本子音有「ㄱ、ㄴ、ㄷ、ㄹ、ㅁ、ㅂ、ㅅ、ㅇ、ㅈ、ㅊ、ㅋ、ㅌ、ㅍ、ㅎ」共 14 個。

ㄱ：舌根向上頂住上顎後方，張嘴微弱緩慢地送出空氣發出的聲音。是與 [k] 相似的發音，「ㄱ」在母音之間則發類似 [g] 的音。

ㄴ：舌尖輕輕頂住上排牙齒後方的牙齦，張嘴發出的聲音，是與 [n] 相似的發音，是空氣經由鼻腔發出的鼻音。

ㄷ：舌尖輕輕頂住上排牙齒後方的牙齦，張嘴發出的聲音，是與 [t] 相似的發音。用舌頭阻擋嘴巴裡的通道再打開，微弱緩慢地送出空氣而發出聲音。雖然像「ㄴ」一樣，是用舌尖頂住上排牙齒後方的牙齦再分開所發出的聲音，但「ㄴ」是空氣經由鼻腔而出，「ㄷ」則是經由嘴巴而出。「ㄷ」如果位於母音之間，發類似 [d] 的音。

ㄹ：是舌尖輕點上排牙齒略後方發出的聲音，舌尖輕輕點到上排牙齒後方後立刻挪開，是與 [l] 相似的發音。「ㄹ」在母音之間則發類似 [r] 的音，此時請注意不要發出像英文 r 一樣過度捲舌的音。

ㅁ：雙唇輕碰再分開發出的聲音，是與 [m] 相似的發音。與「ㄴ」一樣，是空氣經由鼻腔發出的鼻音。

ㅂ：雙唇輕碰再分開發出的聲音，是與 [p] 相似的發音。雖然是像「ㅁ」一樣，雙唇輕碰再分開所發出的聲音，但「ㅁ」是空氣經由鼻腔而出，「ㅂ」則是經由嘴巴而出。「ㅂ」如果位於母音之間，則發類似 [b] 的音。

ㅅ：舌尖非常靠近但是不觸及上顎而發出的聲音，是與 [s] 相似的發音。空氣在舌頭與上顎間非常狹窄的路徑流動，「ㅅ」與母音「ㅣ、ㅑ、ㅕ、ㅛ、ㅠ」合用時，發類似 [sh] 的音。

ㅇ：在母音之前是填空符號不發音，當終聲時發類似 [ng] 的音。

ㅈ：舌頭貼住上顎前方稍微挪開，使空氣經由狹窄的縫隙流洩出去，是與 [ch] 相似的音。發音時舌尖不觸及牙齦，「ㅈ」在母音之間則發類似 [j] 的音。

ㅊ：舌尖施力貼住上顎稍微挪開，使空氣經由狹窄的縫隙流洩出去。從口腔裡流出的氣流比「ㅈ」更多。

ㅋ：舌根向上用力頂住上顎後方片刻後張口發出聲音，此時氣流會強烈地向外流洩，從口腔裡流洩出比「ㄱ」更多的氣流。

ㅌ：舌尖用力頂住上排牙齒後方片刻後張口發出聲音，此時氣流強烈地向外流洩，「ㅌ」從口腔裡流洩出比「ㄷ」更多的氣流。

ㅍ：雙唇輕碰再分開所發出的聲音，雙唇比「ㅂ」更用力，閉緊後再張開，使氣流流洩出去。

ㅎ：從喉嚨送出空氣發出的聲音，是與 [h] 相似的音。空氣毫無阻礙地從口腔裡向外流洩而產生的聲音。

等一下！

- 「ㄱ、ㅋ」皆為舌根向上頂住上顎後方後再張口發出的聲音，但聲音的強度不同。
- 「ㄴ、ㄷ、ㅌ」皆為舌尖稍微頂住上排牙齒後方再張口發出的聲音，但聲音的強度不同。
- 「ㅁ、ㅂ」皆為雙唇輕碰再分開。
- 「ㅅ、ㅈ、ㅊ」都是從舌頭與上顎間狹窄的縫隙流出空氣。
- 「ㅇ、ㅎ」都是從喉嚨發聲，「ㅇ」只在作為終聲時發音，發鼻音。
- 「ㄴ、ㅁ」皆為鼻音。

▶ **雙子音**

雙子音是重複使用兩次相同的子音，發出比基本子音更強烈的音，總共有 5 個雙子音。分別是基本子音中的「ㄱ、ㄷ、ㅂ、ㅅ、ㅈ」，發出比其更強烈聲音的「ㄲ、ㄸ、ㅃ、ㅆ、ㅉ」就是雙子音。

ㄲ：舌根向上用力頂住上顎後方片刻後張口發出聲音，比「ㄱ」施力時間更長，喉嚨也要施力。

ㄸ：舌尖用力頂住上排牙齒後方片刻後張口發出聲音，比「ㄷ」施力時間更長，喉嚨也要施力。

ㅃ：雙唇施力片刻，相碰再分開發出聲音，嘴唇比「ㅂ」更用力地閉緊再張開，喉嚨也要施力。

ㅆ：舌尖與喉嚨比「ㅅ」施更多力發出聲音，兩個聲音皆為空氣從口腔內狹窄的空間流洩而出，喉嚨也要施力。

ㅉ：舌頭施力在前上顎停留久一點然後挪開些許，讓氣流通過狹窄的空間流出去發出聲音。喉嚨也要用力。

等一下！

「ㄲ、ㄸ、ㅃ、ㅆ、ㅉ」比「ㄱ、ㄷ、ㅂ、ㅅ、ㅈ」更用力發出聲音。

▶ **子音聲音的強度比較**

子音中，根據聲音的強度，分為平音、硬音、激音。使用相同發音器官在口腔相同位置發音的子音們，其文字也以相似的模樣形成。在標示為普通強度的平音上加上一劃，就成為流洩許多空氣的激音，而

使用兩個標示為平音的字，則成為發強烈硬音的文字。像這樣由發音方法與根據發音強度作區分的子音如下：

平音：ㄱ/ㄷ/ㅂ/ㅅ/ㅈ
硬音：ㄲ/ㄸ/ㅃ/ㅆ/ㅉ
激音：ㅋ/ㅌ/ㅍ/ /ㅊ

平音是發音器官的肌肉沒有摩擦或繃緊，維持正常狀態發音的「ㄱ、ㄷ、ㅂ、ㅅ、ㅈ」；硬音是繃緊發音器官的肌肉，阻擋空氣的流動，強烈地發出聲音，「ㄲ、ㄸ、ㅃ、ㅆ、ㅉ」即屬於硬音；激音則是由口腔向外發音時，空氣引發摩擦而發出的聲音，「ㅋ、ㅌ、ㅍ、ㅊ」即屬於激音。如第 42 頁圖所示，從口腔流洩出最多空氣量的聲音是激音，其次是平音，空氣量最少的則是硬音。因此，發「ㅋ、ㅌ、ㅍ、ㅊ」時，從口腔流洩而出的氣流最多，發「ㄲ、ㄸ、ㅃ、ㅆ、ㅉ」時比發「ㄱ、ㄷ、ㅂ、ㅅ、ㅈ」更用力。

發音 Tip！

ㄱ、ㄷ、ㅂ、ㅈ與ㅋ、ㅌ、ㅍ、ㅊ：
平音「ㄱ、ㄷ、ㅂ、ㅈ」與激音「ㅋ、ㅌ、ㅍ、ㅊ」發音時，雖然空氣皆向外流洩，但氣流的強度卻有所差別。如第 42 頁圖片所示，「가、다、바、자」與「카、타、파、차」發音時，將手心靠近嘴唇的話，手心接收到的氣流強度會有所差別。「카、타、파、차」發音時，手心會接受到更多的空氣。

ㄱ、ㄷ、ㅂ、ㅈ與ㄲ、ㄸ、ㅃ、ㅉ：
硬音「ㄲ、ㄸ、ㅃ、ㅉ」與平音「ㄱ、ㄷ、ㅂ、ㅈ」不同，因發音時喉嚨用力，空氣幾乎不會向外流洩。「가、다、바、자」與「까、따、빠、짜」發音時，將手心靠近嘴唇的話，手心會稍微接受到「가、다、바、자」的空氣，但「까、따、빠、짜」則不會感覺手心接受到空氣。

❸ **終聲**

韓語是母音單獨發音，或母音與子音相鄰後發音，以下為母音單獨發音、子音與母音相鄰發音、母音與子音相鄰發音以及子音與母音和子音相鄰發音的情況。

在「子音＋母音＋子音」的音節組成中，接在母音之後的子音即稱作終聲，終聲的聲音只發為 [ㄱ]、[ㄴ]、[ㄷ]、[ㄹ]、[ㅁ]、[ㅂ]、[ㅇ] 7 個音，如有這 7 個音以外的子音當作終聲，其發音則改為這 7 個音的其中之一。

7 個終聲皆有「在所有發音結束後，關上發音器官，以緊促的聲音作結尾」的特徵。

[악](ㄱ、ㄲ、ㅋ)：舌根向上輕觸上顎後停住，以緊促的聲音結束發音，注意舌頭離開上顎，不要發成 [아크] 的音，快速發音，小心不要發成 2 個音節。

[안](ㄴ)：舌尖輕觸上排牙齒後方的牙齦結束發音，氣流向鼻腔去。

[앋](ㄷ、ㅌ、ㅅ、ㅆ、ㅈ、ㅊ、ㅎ)：舌尖輕觸上排牙齒後方的牙齦，發音後，舌頭離開時留意不要發成 [아트] 的音。

[알](ㄹ)：舌尖輕觸上排牙齒略後方結束發音，小心不要發成2個音節，發完母音後快速發「ㄹ」音。

等一下！

像「몰라」一樣「ㄹ」接連出現時，請注意不要只發一個「ㄹ」音。

[암](ㅁ)：雙唇輕碰發出聲音，氣流並非向口腔，而是向鼻腔去。

[압](ㅂ、ㅍ)：雙唇輕碰結束發音，雙唇分開的話會發成 [아프] 的音，須留意。

[앙](ㅇ)：舌根向上輕觸上顎後停住，結束發音。發音方式與終聲 [ㄱ] 類似，但差別是氣流並非向口腔，而是向鼻腔去。

▶ **終聲的比較**

終聲 [ㄴ] 與 [ㅇ]、[ㄷ] 與 [ㄱ]，須注意並區分其舌頭的位置及嘴型開展的程度。

[ㄴ] 是舌尖輕觸上排牙齒後方的牙齦；[ㅇ] 則是不碰觸且舌頭向後頂住上顎。[ㅇ] 比 [ㄴ] 的嘴型張更開。

[ㄷ] 與 [ㄱ] 的情況也是相同概念。[ㄷ] 是舌尖輕觸上排牙齒後方的牙齦發音，而 [ㄱ] 則是不碰觸，且舌頭向後頂住上顎。[ㄱ] 比 [ㄷ] 的嘴型張更開。

▶ **複終聲**

音節的結尾有可能出現兩個不同子音結合的複終聲，因韓語的終聲只有一個子音發音，所以兩個子音中只有一個做為終聲。複終聲「ㄳ、ㄵ、ㄶ、ㄺ、ㄽ、ㄾ、ㅀ、ㅄ」在單字結尾或子音前面時，皆發前面子音 [ㄱ]、[ㄴ]、[ㄹ]、[ㅂ]，複終聲「ㄺ、ㄻ、ㄿ」則發後面的子音 [ㄱ]、[ㅁ]、[ㅂ]。

等一下！

• 如앉다之類，複終聲其後接「ㄱ、ㄷ、ㅅ、ㅈ」時，發 [ㄲ]、[ㄸ]、[ㅆ]、[ㅉ] 的音。
• 雖然複終聲只發終聲的其中一音，另一個不發音，但像「ㄶ、ㅀ」有「ㅎ」的複終聲則例外，若在「ㄶ、ㅀ」後面接「ㄷ、ㅈ」，例如많다[만타]，不只要發前面的子音，後面的子音「ㅎ」也須與「ㄱ、ㄷ、ㅈ」結合，發成 [ㅋ]、[ㅌ]、[ㅊ] 的音。

複終聲中，「ㄺ」與「ㄼ」的發音有例外如下：複終聲「ㄺ」在終聲發 [ㄱ] 的音，例如名詞「닭」，無例外地發 [ㄱ] 的音，但這個終聲會根據接在動詞或形容詞後的子音不同而產生例外。其後接子音「ㄱ」時，則不發 [ㄱ] 的音，而是前面的 [ㄹ] 的音。

複終聲「ㄼ」則根據單字不同而有例外。原本「ㄼ」是發前面的 [ㄹ] 的音，但「밟다、넓죽하다、넓둥글다、넓적하다」卻是發後面的 [ㅂ] 的音。

❸ **連音**

以終聲結束發音或終聲後接子音時，終聲只發

[ㄱ]、[ㄴ]、[ㄷ]、[ㄹ]、[ㅁ]、[ㅂ]、[ㅇ] 7 個音。但當終聲後接母音開頭的助詞、語尾、接詞等情況時，作為終聲使用的子音，其原本的音則與後面音節的第一個音相連並發音。

（例）：옷[온] 옷이[오시]

複終聲若是以終聲結束，或複終聲後接子音，終聲的兩個子音只有其中一個發終聲的音。不過，複終聲後方若接母音，終聲的兩個子音中，前面那個子音作為終聲發音，後面那個子音則挪到下一個音節初聲子音的位置發音。

（例）：읽다[익따] 읽어요[일거요]

等一下！

• 「ㅎ」其後接母音時，發音脫落，因此該情況不發音。
  좋은[조흔](X)

等一下！

• 複終聲「ㄳ、ㄽ、ㅄ」的「ㅅ」發硬音 [ㅆ]。
  없어요[업서요](X)

等一下！

• 終聲「ㅇ」不與其後音節的第一個音連音，而是發終聲 [ㅇ] 的音。
  （例）：한강에서[한강에서] 종이[종이]
• 像음악[으막]、일요일[이료일] 等漢字語也連音，「원，월、일、−인분」等單位名詞也連音發成「천 원[처눤]、1월 11일[이뤌시비릴]、3인분[사민분]」的音。

▶ **連音中須注意的事項**

連音規則只在終聲後接母音開頭的助詞、語尾、接尾詞等情況時才適用，因此即使是母音開頭，只要不是助詞、語尾、接尾詞的單字皆不適用。終聲後接母音「ㅏ、ㅓ、ㅗ、ㅜ、ㅟ」開頭的實質詞素（實詞、單字）時，則根據終聲的規則，發 7 個終聲中的其中一個音後，再與其後方音節的第一個音連音。

（例）：옷이[오시] 옷 안[온안]➜[오단](O)[오산](X)

等一下！

根據發音規則，「맛있다、맛없다」的發音雖然為 [마딛다]、[마덥다]，但也可發 [마싣따]、[머섭따]。

❶ 激音化

祝賀：「축」的終聲「ㄱ」與「하」的「ㅎ」相鄰接，兩個子音發 [ㅋ]。與下列情況相同時，「ㄱ、ㄷ、ㅂ、ㅈ」發 [ㅋ]、[ㅌ]、[ㅍ]、[ㅊ]。

(1) 終聲「ㅎ、ㄶ、ㅀ」其後接「ㄱ、ㄷ、ㅈ」時，「ㄱ、ㄷ、ㅈ」與「ㅎ」結合發 [ㅋ]、[ㅌ]、[ㅊ]。

(2) 終聲「ㄱ、ㄹㄱ、ㄷ、ㅂ、ㄹㅂ、ㅈ、ㄵ」其後接「ㅎ」時，「ㄱ、ㄷ、ㅂ、ㅈ」與「ㅎ」結合，發 [ㅋ]、[ㅌ]、[ㅍ]、[ㅊ]。

> **等一下！**
>
> 終聲「ㅈ」在如「꽂히다」這種單字中，「ㅈ」與「ㅎ」結合發 [ㅊ]，但在如「낯」這種名詞中，終聲「ㅈ」的音須先轉成 [ㄷ] 後，再與「ㅎ」結合發 [ㅌ]。
> （例）：꽂히다[꼬치다]　낯고[나코]

(3) 終聲「ㅅ、ㅈ、ㅊ、ㅌ」的音須先轉成 [ㄷ] 後，再與「ㅎ」結合，發 [ㅌ]。

❷ ㅎ音脫落

괜찮아요：「찮」的終聲「ㅎ」因與母音相鄰，「ㅎ」不發音。與下列情況相同時，「ㅎ」不發音。

(1) 終聲「ㅎ、ㄶ、ㅀ」其後接母音時，「ㅎ」不發音。

(2) 終聲「ㄶ、ㅀ」其後接「ㄴ」時，「ㅎ」不發音。

> **等一下！**
>
> 않는[알른]：「ㅎ」的音消失，「ㄹ」與「ㄴ」相鄰，「ㄴ」改發成「ㄹ」

> **參考：ㅎ弱化**
>
> 終聲「ㄴ、ㄹ、ㅁ、ㅇ」其後接「ㅎ」時，雖然「ㅎ」音不會消失，但實際發音時，「ㅎ」的音弱化或甚至不發音。
> （例）：은행[은행]/[으냉]　전화[전화]/[저놔]　결혼[결혼]/[겨론]
> 실행[실행]/[시랭]　남행[남행]/[나맹]　범행[범행]/[버맹]
> 영향[영향]/[영양]　공항[공항]/[공앙]

❸ 硬音化

식당：因「식」的終聲「ㄱ」與「당」的「ㄷ」相鄰，「ㄷ」發 [ㄸ]。有下列情況時，「ㄱ、ㄷ、ㅂ、ㅅ、ㅈ」發硬音 [ㄲ]、[ㄸ]、[ㅃ]、[ㅆ]、[ㅉ]

(1) 發音為 [ㄱ]、[ㄷ]、[ㅂ] 的終聲「ㄱ(ㄲ、ㅋ、ㄳ、ㄹㄱ)，ㄷ(ㅅ、ㅆ、ㅈ、ㅊ、ㅌ)，ㅂ(ㅍ、ㄹㅂ、ㄹㅍ、ㅄ)」其後的「ㄱ、ㄷ、ㅂ、ㅅ、ㅈ」發 [ㄲ]、[ㄸ]、[ㅃ]、[ㅆ]、[ㅉ]。

> **等一下！**
>
> 複終聲「ㄹㄱ」如「읽지[익찌]」發終聲「ㄱ」的音，如「읽고[일꼬]」發終聲「ㄹ」的音時，後方接的「ㄱ」也硬音化。

(2) 形容詞或動詞語幹終聲「ㄴ(ㄵ)、ㅁ(ㄻ)、ㄹㅂ、ㄹㅌ」其後的「ㄱ、ㄷ、ㅅ、ㅈ」發 [ㄲ]、[ㄸ]、[ㅆ]、[ㅉ]。

> **等一下！**
>
> 被動詞與使動詞的接辭「-기-」，即使接在「ㄴ(ㄵ)、ㅁ(ㄻ)」後面，也不發硬音 [ㄲ]。「안기다、신기다、감기다、남기다、굶기다.옮기다」中的「기」，須發 [기]。

(3) 終聲「ㅎ、ㄶ、ㅀ」其後接「ㅅ」時，「ㅅ」發 [ㅆ]。

> **等一下！**
>
> 終聲「ㅎ、ㄶ、ㅀ」其後接「ㅅ」時才發硬音 [ㅆ]，後接「ㄱ、ㄷ、ㅈ」時則不發硬音，發激音 [ㅋ]、[ㅌ]、[ㅊ]。

(4) 動詞或形容詞詞尾的「-(으)ㄹ-」其後接「ㄱ、ㄷ、ㅂ、ㅅ、ㅈ」時發 [ㄲ]、[ㄸ]、[ㅃ]、[ㅆ]、[ㅉ]，斷句說話時則不發硬音，改發平音。

> **參考：硬音化的單字**
>
> • 漢字語中的終聲「ㄹ」其後接「ㄷ、ㅅ、ㅈ」時，發硬音 [ㄸ]、[ㅆ]、[ㅉ]。
> 발달(發達)[발딸]　갈등(葛藤)[갈뜽]　발생(發生)[발쌩]
> 결석(缺席)[결썩]　발전(發展)[발쩐]　결정(決定)[결쩡]
> • 前面單字的終聲非 [ㄱ]、[ㄷ]、[ㅂ]，但其後的「ㄱ、ㄷ、ㅂ、ㅅ、ㅈ」也發 [ㄲ]、[ㄸ]、[ㅃ]、[ㅆ]、[ㅉ]，單字範例如下：
> 권(券)：여권[여꿘]，입장권[입짱꿘]
> 과(科)：내과[내꽈]，치과[치꽈]
> 격(格)：성격[성껵]
> 기(氣)：인기[인끼]
> 법(法)：문법[문뻡]，사용법[사용뻡]
> 점(點)：장점[장쩜]，문제점[문제쩜]
> 증(證)：학생증[학쌩쯩]，면허증[면허쯩]
> 밥：비빔밥[비빔빱]，아침밥[아침빱]
> 집：술집[술찝]，빵집[빵찝]
> 동안：2년동안[이년똥안]，일주일 동안[일쭈일똥안]

> **等一下！**
>
> 根據前面的單字不同，有像「비빔밥[비빔빱]」一樣硬音化的情況，也有像「볶음밥[보끔밥]」一樣不硬音化的情況，因此熟悉各個單字的發音是很重要的。

❹ 口蓋音化

같이：「같이」中的終聲「ㅌ」與「이」相鄰而發 [치]，如下列情況時，終聲「ㄷ、ㅌ」發 [지]、[치]。

(1) 終聲「ㄷ」與「이」相遇時發 [지]，與「히」相遇時發 [치]。

(2) 終聲「ㅌ」與「이」相遇時發 [치]。

❺ 鼻音化 1

박물관：「박」的終聲「ㄱ」與「물」的「ㅁ」相鄰時，因與鼻音「ㅁ」相似，「ㄱ」改發相同發音位置的鼻音 [ㅇ]。下列情況終聲 [ㄱ]、[ㄷ]、[ㅂ] 發 [ㅇ]、[ㄴ]、[ㅁ]。

(1) 終聲「ㄱ」與「ㄴ、ㅁ」相鄰時發 [ㅇ]。

(2) 終聲「ㄷ」與「ㄴ、ㅁ」相鄰時發 [ㄴ]。

(3) 終聲「ㅂ」與「ㄴ、ㅁ」相鄰時發 [ㅁ]。

❻ 鼻音化 2

정류장：「정」的終聲「ㅇ」與「류」的「ㄹ」相遇時，「ㄹ」改發相同發音位置的鼻音 [ㄴ]。下列情況終聲「ㄹ」發 [ㄴ]。

(1) 終聲「ㅁ」與「ㄹ」相鄰時，「ㄹ」發 [ㄴ]。

(2) 終聲「ㅇ」與「ㄹ」相鄰時，「ㄹ」發 [ㄴ]。

❼ 鼻音化 3

대학로：「학」的終聲「ㄱ」後接「ㄹ」時，「ㄹ」發 [ㄴ]。此時改成鼻音的 [ㄴ] 會再次影響前面的終聲「ㄱ」，因此「ㄱ」改發 [ㅇ]。下列情況「ㄹ」發 [ㄴ]，且終聲「ㄱ，ㅂ」發 [ㅇ]、[ㅁ]。

(1) 終聲「ㄱ」與「ㄹ」相遇時，「ㄹ」發 [ㄴ]，而遇到 [ㄴ] 的「ㄱ」則發 [ㅇ]。

(2) 終聲「ㅂ」與「ㄹ」相遇時，「ㄹ」發 [ㄴ]，而遇到 [ㄴ] 的「ㅂ」則發 [ㅁ]。

❽ 流音化

설날：「설」的終聲「ㄹ」與「날」的「ㄴ」相遇，「ㄴ」發 [ㄹ]。下列情況「ㄴ」發 [ㄹ]。

(1) 終聲「ㄴ」其後接「ㄹ」時，「ㄴ」發 [ㄹ]。

(2) 終聲「ㄹ、ㅀ、ㄾ」其後接「ㄴ」時，「ㄴ」發 [ㄹ]。

參考：漢字語中的流音化

漢字語的情況是，根據音節數量的不同，即使具備相同的條件，發音也可能不同。舉例來說，「권력」與「생산력」的情況，雖然兩個單字都是「ㄴ」與「ㄹ」相遇，發音卻不同。「권력」是流音化發 [궐력]；而「생산력」則是鼻音化發 [생산녁]。通常以「ㄴ」結尾且前面為第 1 音節時，其後如接「ㄹ」，「ㄴ」發 [ㄹ]。超過第 2 個音節時，其後的「ㄹ」則發 [ㄴ]。

권력[궐력]	생산력[생산녁]
분란[불란]	의견란[의견난]

분량[불량]	생산량[생산냥]
연료[열료]	보관료[보관뇨]
인류[일류]	라면류[라면뉴]

等一下！

온라인、원룸等外來語發音為 [온나인]/[올라인]、[원룸]/[월룸]。

---

❾ ㄴ添加

시청역：「청」的終聲「ㅇ」其後因接「여」，添加「ㄴ」音發 [녀]。下列情況皆添加「ㄴ」後再發音。

(1) 前面單字的終聲「ㄴ、ㅁ、ㅇ」鄰接「이、야、여、요、유」時，添加「ㄴ」發 [니]、[냐]、[녀]、[뇨]、[뉴]。

(2) 前面單字的終聲發音為 [ㄱ]、[ㄷ]、[ㅂ] 鄰接「이、야、여、요、유」時，添加「ㄴ」發 [니]、[냐]、[녀]、[뇨]、[뉴]，而前面單字的終聲因添加了「ㄴ」結果受影響產生鼻音化，[ㄱ] 改發 [ㅇ]；[ㄷ] 改發 [ㄴ]；[ㅂ] 改發 [ㅁ]。

(3) 前面單字的終聲「ㄹ」鄰接「이、야、여、요、유」時，添加「ㄴ」發 [니]、[냐]、[녀]、[뇨]、[뉴]，而前面單字的終聲「ㄹ」因鄰接「ㄴ」而流音化，改發 [리]、[랴]、[려]、[료]、[류]。

等一下！

非合成語或派生語的單字不適用ㄴ添加規則，而是適用連音規則。

（例）：만일[마닐]　　흡연[흐변]
　　　　월요일[워료일]　　금요일[그묘일]

準備朗讀

▶ **句間停頓以及朗讀速度**

句間停頓

아버지가/방에/들어가신다.　아버지/가방에/들어가신다.

上面的兩個句子在標有「／」的位置斷句閱讀時句意完全不同。出聲閱讀句子時，正確的發音固然重要，適當地停頓再閱讀也是相當重要的。朗讀者應思考句子的意思，同時把該合起來念的地方合起來念，該分開念的地方分開念，才能完整地傳達給聽者。

因朗讀是以句意為準，所以斷句處和書寫法的分寫空格處不同。即便書寫時空格書寫，但在朗讀時，有的地方若照著空格處斷句會顯得很奇怪，必須連在一起念才能妥善傳達造句意，聽起來才顯得自然。而且，若按照分寫法的空格朗讀，也會產生發音上的差異。由於有的地方合起來念會產生發音變化，若是搞錯該合起來念跟該分開來念的地方，發音就會變得很奇怪。

斷句閱讀的次數與斷句閱讀的位置，會隨著句子長短和閱讀速不同而有所差異，也會隨著句子的構造、強調的內容等有所不同。由於像這樣斷句閱讀會受到各種因素影響，導致難以規則化，但大致上在如下方所示的相同位置停頓或合起來朗讀。

* 句子結束處或句中有逗點處，分開來念。
  (例) 과일, 녹차, 커피, 초콜릿 등을 사용합니다.
* 主語之後須分開來念，主語前有修飾語時與主語合起來念。
  (例) 팥빙수는 / 여름날 더위를 잊게 하는 음식입니다.
  한국을 방문한 외국인들이 / 빙수 전문점을 즐겨 찾고 있습니다.
* 唯有把分開書寫處合起來念才能完整傳達語意的地方，須合起來念。
  (例) 추운 겨울에도 먹을 수 있습니다.
  인기가 많아서 그런가 봐요.
  일이 많아서 힘들었을 것 같다.
* 省略助詞時合起來念較自然。
  (例) 한복 과는 가게가 많아요.
  버스 타고 30분 정도 가야 해요.
* 句子很長時，按意義在連接結語尾處停頓。
  (例) 과거에는 얼음과 같이 주재료였지만 / 시대의 흐름에 발맞추어 / 다양한 재료를 사용한 빙수가 등장해서 / 사람들의 입맛을 사로잡고 있습니다.
* 語意可能有所差異之處，須合起來念或分開念，以分辨修飾語與被修飾語。
  (例) 키가 큰 선배의 / 친구가 나에게 인사했다.
  키가 큰 / 선배의 친구가 나에게 인사했다.

速度

欲使對方集中精神聆聽並有效傳達說話的內容時，朗讀文章或說話的速度是非常重要的。朗讀文章時，依據文章的長度、文章的類型、內容的難易度，速度會有所不同。此外，朗讀者在朗讀前是否理解文章的內容、練習後是否實際朗讀過，速度也會有所不同，在下一章朗讀練習中，在下個章節朗讀訓練中，標示出配音員用正常速度朗讀並能清楚傳達內容所需的時間。希望讀者能參考該朗讀時間，練習以適當的速度朗讀。

▶ **口語演講和實際發音的特色**

為了練習自然地說話，在下一章「朗讀練習」中，除了文章以外，還有獨白延續話題或雙方對話的情境。口語有不同於書面語的特徵，說話時不只會縮短語句，還常常省略助詞。跟書面語相比，口語經常使用簡短、簡單的句子，不會說複雜完整的句子，會以片語或段結束，也常對方才所說的內容做補充說明，或是修正剛才講過的內容。

而在口語中，也會使用雖非標準發音，但為人們實際使用的發音。如果學習者能知道這些發音，聽韓國人說話時便能輕鬆理解語意，並順利與其溝通。韓國人說話時實際表現出的發音如下。

* 助詞或語尾中的「ㅗ」改發「ㅜ」。
  (例) 친구하고 영화 봤어. → 친구하구 영화 봤어.
  사람이 너무 많더라고요. → 사람이 너무 많더라구요.
* 語尾的「아」改發「애」。
  (例) 많이 아픈 거 같아. 빨리 낫기 바라.
  → 많이 아픈 거 같애. 빨리 낫기 바래.
* 相同母音重複出現時，縮短聲音發音。
  (例) 감기 거의 다 나았어. → 감기 거의 다 났어.
  그 영화 진짜 재미있어. → 그 영화 진짜 재밌어.
* 「-(으)려고」的「려」前面添加「ㄹ」再發音。
  (例) 친구 만나려고 기다리고 있어.
  → 친구 만날려고 기다리고 있어.
* 終聲改成其他音並連音。
  (例) 부엌에서 사과 좀 가져와.
  [부어케서] → [부어게서]
  (例) 무릎이 좀 아파요.
  [무르피] → [무르비]
  (例) 여기는 꽃이 많네.
  [꼬치] → [꼬시]

▶ **發音音標**

為了能自然且流暢地朗讀，在下一章朗讀練習中做了以下的發音標示。

* 終聲「ㄴ、ㄹ、ㅁ、ㅇ」其後接「ㅎ」時，雖然「ㅎ」的音不會消失，然而實際發音時，「ㅎ」的音會弱化或乾脆不發音。「這種情況就同時標記「결혼[결혼/겨론]」兩個發音。

- 發音為 [ㄷ] 的終聲「ㄷ(ㅅ、ㅆ、ㅈ、ㅊ、ㅌ)」其後接「ㅅ」時發 [ㅆ]，然而實際發音時因 [ㅆ] 前面的 [ㄷ] 不發音，這種情況就同時標示「있습니다[읻씀니다/이씀니다]」兩個發音。

- 「-거든요」、「-(으)ㄹ걸요」的發音比起發[-거드뇨]、[-(으)ㄹ꺼료]，在「요」前面添加「ㄴ」發音的發音方式較為普遍，因此標記為「가거든요[가거든뇨]」、「갈걸요[갈껼료]」。而「-(으)ㄹ걸요」中「요」的發音之所以發為[료]，是因為「요」添加了「ㄴ」發音發為[뇨]之後，受到「걸」的終聲「ㄹ」的影響從「ㄴ」變成「ㄹ」，變[-(으)ㄹ껼료]的緣故。

▶ **語調**

語調不只在文法中扮演重要角色，與人溝通時也發揮很大的功用。舉例來說，「집에 가요」這句話，依據語調，有可能是話者陳述自己要返家的事實的陳述句，也有可能是向聽者詢問是否返家的疑問句。此外，「영화 볼걸」這話依據語調，有可能是話者因沒看電影而感到後悔或惋惜所說的，也有可能是話者推測他人正在看電影所說的。因此語調是傳達話者訊息及意圖的重要要素之一。

首先來看各句子的類型所呈現的語調：

陳述句

陳述句的語調往下降。

疑問句

疑問句的語調按其種類而有所不同，疑問句的類型大致分成無疑問詞的疑問句，以及有疑問詞的疑問句。而有疑問詞的疑問句則根據其語意，再細分為判定疑問句及說明疑問句。

- 無疑問詞的疑問句。
  無疑問詞的疑問句的語調往上揚。

- 有疑問詞的疑問句。

  (1)說明疑問句：疑問詞疑問句中的說明疑問句，是向對方詢問所需情報的疑問句，因此使用了疑問詞的部份，其語調比句子結尾再更往上揚。

  (2)判定疑問句：疑問詞疑問句中的判定疑問句，是向對方詢問做什麼事或不做什麼事時使用的疑問句，因此對方會回答「是」或「不是」，語調跟無疑問詞的疑問句相似，往上揚。

建議句

建議句像陳述句一樣語調往下降後，結尾再稍微往上揚。

命令句

命令句會像陳述句一樣語調往下降，但最後一個音節會快速結束。

接下來，連結語尾當成終結語尾使用時，即使是相同的句型，隨語調不同，語意也有隨之改變的情況。

-거든

(1) 理由
　　가: 오늘 모임에 못 갈 거 같아.
　　나: 왜?
　　가: 일이 다 안 끝났거든.

(2) 背景（持續進行談話時）
　　배경 (이야기를 계속 진행하는 경우)
　　가: 어제 오랜만에 친구 만났거든. 걔가 재미있는 말을 하더라.
　　나: 그래? 무슨 얘기?

(3) 確信與強調
　　가: 너 또 숙제 안 했지?
　　나: 했거든.

雖然三種情況都是陳述句，但根據語調不同，其語意也隨之改變。如(1)表理由時，語調往下降；如(2)這樣告知話題持續進行，以及(3)這樣表確信、強調時，語調都會上揚。因此，須根據情況的不同留意語調說話。

-는데

(1) 對照
　　가: 매운 음식 잘 먹어요?
　　나: 아니요, 잘 못 먹어요. 가족들은 다 잘 먹는데.

(2) 意外、驚嚇
　　가: 이거 네가 그린 거야?
　　나: 응. 왜?
　　가: 오, 잘 그리는데.

(3) 背景（話題持續進行的情況）
　　가: 어제 명동에 갔는데요. 거기서 드라마 촬영을 하더라고요.
　　나: 그래요? 재미있었겠네요.

雖然(1)、(2)、(3)都是疑問句，但依據語調往上揚或往下降，其語意也隨之改變。如(1)表示對照時，語調往下降；如(2)表示意外、驚嚇時，或欲傳達如(3)話題持續進行時，語調往上揚。

-을 텐데

(1) 推測
　　가: 민수 집에 전화했는데 전화를 안 받아.
　　나: 그래? 이 시간에 보통 집에 있을 텐데.

(2) 惋惜、後悔
　　가: 이번 휴가 때 제주도 같이 갈래?
　　나: 회사 일이 바빠서 휴가는 못 낼 거 같아.
　　가: 그래? 같이 갈 수 있으면 좋을 텐데.

雖然(1)、(2)都是陳述句,但依據語調往上揚或往下降,其語意也隨之改變。如(1)表示推測語意時,語調往上揚;如(2)表示惋惜與後悔時,語調往下降。

-을 걸

(1) 推測
　　가: 민수가 이거 좋아할까?
　　나: 좋아할걸.
(2) 惋惜、後悔
　　가: 오늘 단어 시험을 본대.
　　나: 미리 공부 좀 할걸.

　　雖然(1)、(2)都是陳述句,但依據語調往上揚或往下降,其語意也隨之改變。如(1)表示推測語意時,語調往上揚;如(2)表示惋惜與後悔時,語調往下降。

韓文字母表

	ㅏ	ㅑ	ㅓ	ㅕ	ㅗ	ㅛ	ㅜ	ㅠ	ㅡ	ㅣ
ㄱ	가	갸	거	겨	고	교	구	규	그	기
ㄴ	나	냐	너	녀	노	뇨	누	뉴	느	니
ㄷ	다	댜	더	뎌	도	됴	두	듀	드	디
ㄹ	라	랴	러	려	로	료	루	류	르	리
ㅁ	마	먀	머	며	모	묘	무	뮤	므	미
ㅂ	바	뱌	버	벼	보	뵤	부	뷰	브	비
ㅅ	사	샤	서	셔	소	쇼	수	슈	스	시
ㅇ	아	야	어	여	오	요	우	유	으	이
ㅈ	자	쟈	저	져	조	죠	주	쥬	즈	지
ㅊ	차	챠	처	쳐	초	쵸	추	츄	츠	치
ㅋ	카	캬	커	켜	코	쿄	쿠	큐	크	키
ㅌ	타	탸	터	텨	토	툐	투	튜	트	티
ㅍ	파	퍄	퍼	펴	포	표	푸	퓨	프	피
ㅎ	하	햐	허	혀	호	효	후	휴	흐	히
ㄲ	까	꺄	꺼	껴	꼬	꾜	꾸	뀨	끄	끼
ㄸ	따	땨	떠	뗘	또	뚀	뚜	뜌	뜨	띠
ㅃ	빠	뺘	뻐	뼈	뽀	뾰	뿌	쀼	쁘	삐
ㅆ	싸	쌰	써	쎠	쏘	쑈	쑤	쓔	쓰	씨
ㅉ	짜	쨔	쩌	쪄	쪼	쬬	쭈	쮸	쯔	찌

數字讀法

日期

▶ 年

2017년	이천십칠년 [이천십칠련]
2060년	이천육십년 [이천뉵씸년]
2100년	이천백년 [이천뱅년]

▶ 月

1월	일 월 [이뤌]	7월	칠 월 [치뤌]
2월	이 월	8월	팔 월 [파뤌]
3월	삼 월 [사뭘]	9월	구 월
4월	사 월	10월	시 월
5월	오 월	11월	십일 월 [시비뤌]
6월	유 월	12월	십이 월 [시비월]

▶ 日

1일	일 일 [이릴]	11일	십일 일 [시비릴]	21일	이십일 일 [이시비릴]
2일	이 일	12일	십이 일 [시비일]	22일	이십이 일 [이시비일]
3일	삼 일 [사밀]	13일	십삼 일	23일	이십삼 일
4일	사 일	14일	십사 일	24일	이십사 일
5일	오 일	15일	십오 일	25일	이십오 일
6일	육 일 [유길]	16일	십육 일 [심뉴길]	26일	이십육 일 [이심뉴길]
7일	칠 일 [치릴]	17일	십칠 일	27일	이십칠 일
8일	팔 일 [파릴]	18일	십팔 일	28일	이십팔 일
9일	구 일	19일	십구 일	29일	이십구 일
10일	십 일 [시빌]	20일	이십 일 [이시빌]	30일	삼십 일 [삼시빌]
				31일	삼십일 일 [삼시비릴]

單位名詞

▶ 個

1개	한 개
2개	두 개
3개	세 개
4개	네 개
5개	다섯 개 [다섣깨]
6개	여섯 개 [여섣깨]
7개	일곱 개 [일곱깨]
8개	여덟 개 [여덜깨]
9개	아홉 개 [아홉깨]
10개	열 개 [열깨]
12개	열두 개 [열뚜개]
13개	열세 개 [열쎄개]
14개	열네 개 [열레개]
15개	열다섯 개 [열따섣깨]
16개	열여섯 개 [열려섣깨]
18개	열여덟 개 [열려덜깨]
100개	백 개 [백깨]

▶ 位

1명	한 명
2명	두 명
3명	세 명
4명	네 명
5명	다섯 명 [다섣명]
6명	여섯 명 [여섣명]
7명	일곱 명 [일곰명]
8명	여덟 명 [여덜명]
9명	아홉 명 [아홈명]
10명	열 명
12명	열두 명 [열뚜명]
13명	열세 명 [열쎄명]
14명	열네 명 [열레명]
15명	열다섯 명 [열따선명]
16명	열여섯 명 [열려선명]
18명	열여덟 명 [열려덜명]
100명	백 명 [뱅명]

中文索引

색인

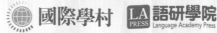

國家圖書館出版品預行編目（CIP）資料

標準韓國語發音/金志珉, 尹信愛, 李殷珠著. -- 新北市：國際學村出
版社, 2022.07
　　面；　公分
　　譯自：Korean pronunciation guide：how to sound like a korean.
　　ISBN 978-986-454-223-9（平裝）

1.CST：韓語 2.CST：發音

803.24　　　　　　　　　　　　　　　　　　　111006408

國際學村

標準韓國語發音

作　　　者／金志珉、尹信愛、　編輯中心編輯長／伍峻宏・編輯／邱麗儒
　　　　　　　李殷珠　　　　　　封面設計／張家綺・內頁排版／菩薩蠻數位文化有限公司
翻　　　譯／林玉霜、郭于禎　　製版・印刷・裝訂／東豪・弼聖・紘億・明和

行企研發中心總監／陳冠蒨　　　線上學習中心總監／陳冠蒨
媒體公關組／陳柔彣　　　　　　產品企製組／黃雅鈴
綜合業務組／何欣穎

發　行　人／江媛珍
法 律 顧 問／第一國際法律事務所 余淑杏律師・北辰著作權事務所 蕭雄淋律師
出　　　版／國際學村
發　　　行／台灣廣廈有聲圖書有限公司
　　　　　　　地址：新北市235中和區中山路二段359巷7號2樓
　　　　　　　電話：（886）2-2225-5777・傳真：（886）2-2225-8052

代理印務・全球總經銷／知遠文化事業有限公司
　　　　　　　地址：新北市222深坑區北深路三段155巷25號5樓
　　　　　　　電話：（886）2-2664-8800・傳真：（886）2-2664-8801
郵 政 劃 撥／劃撥帳號：18836722
　　　　　　　劃撥戶名：知遠文化事業有限公司（※單次購書金額未達1000元，請另付70元郵資。）

■出版日期：2022年07月
ISBN：978-986-454-223-9　　　版權所有，未經同意不得重製、轉載、翻印。